やさぐれ長屋与力

遠山の影目付

◆

早瀬詠一郎

コスミック・時代文庫

この作品はコスミック文庫のために書下ろされました。

目次

一　浅草紅梅《こうばい》長屋

一

浅草雷門前の広小路を西へ一丁も行くと、東本願寺を筆頭とした寺町となる。
その一郭《いっかく》の町家、名を阿部川町《あべかわちょう》というが、安倍川餅とは関わりがない。
通りひとつ隔て、江戸城御書院番《ごしょいんばん》の組屋敷《くみやしき》。さらには外様大名の屋敷や旗本邸がつづくのであれば、貧乏自慢が暮らす裏長屋にはご遠慮ねがう界隈となっていた。

商家はもとより、町人の家は二間《ふたま》に押入れが付いて、二坪ほどの庭もある表長屋。大店《おおだな》の番頭に職人の頭などの家族が、苦労なく暮らせる町でもあった。

「どうするんですか、あなた」

「何が」

「お長屋の店賃《たなちん》あつめから店子《たなこ》の差配まで、大家《おおや》不在のまま百日もたつじゃありませんか」

「分かってるよ。家主《いえぬし》のおれだって、人選びにゃ苦労してたんだ。いくらしっかりしていても、若い大家じゃ舐められる。といって、前《せん》の杢兵衛《もくべえ》みたいな年寄りがコロリと逝《い》かれても困る」

「屁理屈なんぞでなく、新しい大家は見つかったんですかと、聞いているんです」

「うるせぇ婆《ばあ》さんだ、まったく。大丈夫だよ、杢兵衛の百ヶ日に合わせて、来てくれることになってらぁ」

「身元の請人《うけにん》は、どなたなんですか。いつぞやのように、やくざまがいの仲介人がやってきて礼金のなんのと――」

「黙ってろ。請人をなさってくれたのは南町のお奉行、遠山さまだぞ」

「と、遠山のお奉行さまが」

長屋を幾つか所有する家主の金右衛門《きんえもん》のひと言に、女房おたねは目をまわしそうになって、畳に後ろ手をついた。

「おう、聞いたか。大家の新しいのが来るって話」

「聞いた。どうせまた儒学かぶれの爺《じい》さんで、塵《ごみ》はちゃんと捨てろ、厠《かわや》は毎日掃除しろ、親には孝行、雇い主には忠実であれが口癖の小うるさい年寄りに決まってら」

「まぁそんなところだな。大家になろうなんて奴は仕事のなくなった野郎で、お長屋の皆さんを躾《しつ》けてますと威張りたいだけなんだから」

大工手伝いの弥吉《やきち》と左官見習の寅蔵《とらぞう》が、薄笑いで話しているところに、駕籠舁《かごかき》の助十《すけじゅう》が加わる。

「ちがうぜ、今度の大家は」

「お前、知ってるの？」

「知るも知らぬも、逢坂《おおさか》の関《せき》てぇやつだ」

「大坂の奴が、来るのか。あの訳の分からねえことばで、寅蔵はん、今月の店賃もらわなあきまへんなとか言うか」

「百人一首も分からねえんじゃ、しょうがねえな。新しい大家は、侍《さむれ》ぇだとよ」

「えぇっ。店賃を払わぬなら、素《そ》っ首を落とす。さもなくば身ぐるみ脱いで、質屋へ持ってゆけと」

「追い剝《は》ぎじゃあるめぇし、そんな真似はしなかろうが、食い詰めた浪人ってところだろうな。腰に差すのは、竹光《たけみつ》」

「傘張りよりはいいと、家主の金右衛門さんに尻尾を振ったってわけだ」

三人は笑いながら、浪人大家の対策を練ろうと、仕事に出て行った。

嘉永と改元なって五年目、幕府は異国船の出没に頭を悩まし、大砲《おおづつ》を設《しつら》える台場をどうするかと騒いでいた。にもかかわらず、江戸の市井《しせい》は相変わらず、芝居の面白いのが掛かったとか浮世絵の凄いのが出たと、能天気この上なかった。

これに腹が立つ。黒船が大砲を撃ち込めば、市中の家屋敷から火の手が上がり、江戸は火の海になりかねないではないか。

「無知蒙昧《もうまい》なる町人どもめ、暢気《のんき》に暮らしておっては国が滅びると考えぬのか。愚かな……」

南町与力、紅三十郎《くれないさんじゆうろう》は太い眉を立てながら御書院番組屋敷を左手に、目指す阿部川町へ向かっていた。

「ちと、尋ねたい。阿部川町はこの辺りと思うが、紅梅長屋とはどこにある」

「さぁて、長屋の名は看板になってませんからねぇ。あたしらは見てのとおり、東国札所巡りのお遍路《へんろ》です。土地の者じゃありません」

「知らぬのなら、さも分かっておるような歩き方をするでないっ。土地の者にあらずと、首から札を下げろ」

「………」

三十郎の言い掛かりに、お遍路は呆《あき》れ顔でいなくなった。

――そうか。これからは市中の辻ごとに、町名ならびに長屋の名を、立て札に記しておけばよい。お奉行に、進言してみよう。

町方与力で今年三十になる三十郎は得心顔をしたが、あまりに杓子定規《しゃくしじょうぎ》な男と言われていた。善人であり、ものごとの道理を弁《わきま》えた役人なのだが、融通が利かないことで煙たがられていた。

が、当人は気づけずにいる。

「紅さまは決まりごとから半歩でも外れると、じきに始末書を提出せよだ」

配下の同心のことばである。

これには奉行の遠山左衛門尉《さえもんのじょう》も呆れ、勝手勘定方与力に異動させたものの、駕籠昇への酒手《さかて》から下足番へ握らせた駄賃の収支まで、細かすぎる手間を取らせてしまうことになって、町方へ戻したのだった。

ところが、もう限界を超えていた。

「三十郎、おぬしの仕事ぶりにまちがいはない。だがな、同心や捕方、尋問される側の者に至るまで、寝る暇もなくなった」

「僭越《せんえつ》なれど、申し上げます。罪のない世にするため、なにごとも厳格でなくてはなりません。お奉行、鼻毛が一本見えております。その様では権威が失《う》せ、小言が通じづらく――」

「黙れ。おぬしに、本日をもって世の中なるところの道理《ことわり》を分からせるべく、市中目付心得を仰《おお》せつける。しばらくのあいだ、八丁堀の屋敷に立ち入ることも禁じる。よいなっ」

「ははぁ江戸市中目付となりますと、隠密方として尊王を掲げる浪士どもの探索ですな」

「ばか者っ。長屋に住み、町人同様の暮らしを営み、人のなんたるかを身につけろというのだ」

左衛門尉は老体に弾みをつけながら、抜いた鼻毛を三十郎に投げつけ、爪の垢《あか》よりはましであろうと出ていってしまった。

わけの分からない下命に目を白黒させる三十郎の前へ、奉行付の内《うち》与力高村喜《き》七郎《しちろう》が進み出た。

「紅、おまえの行きどころは、浅草阿部川町の紅梅長屋とされておる」

「わたくしが、長屋に」

「安堵をいたせ。九尺二間《くしゃくにけん》の裏長屋ではなく、おまえ一人には広いくらいの表長屋だと聞いた」

「一人と申されましたが、わたくしの妻子らは」

「おまえの固苦しさに家の者まで辟易《へきえき》しているとは、八丁堀で知らぬ者はおらぬぞ。御家人与力紅家の俸禄ならびに邸《やしき》は、従前どおり妻子が頂戴できるよう致した」

「となりますと、どなたかがわたくしに月々俸禄を――」

「分からぬ奴じゃな、おまえは。お奉行は世の中を知れと、申されておったではないか。おのが手で銭《かね》を得るしかないな」

「どのようにでございますか」

「知るか。男一匹、なんでもできるはず。力仕事よし、物売りでもよかろう。また、腕におぼえがあれば道場破りも。ときに不正を見つけ、強請《ゆす》って袖の下というのもわるくない……」

なんであれ、雨露を凌《しの》げる家がただで借りられるのだからと、内与力も出ていってしまった。

昨日の話である。

なんとなく嬉しそうに見える妻子に見送られた今朝、紅三十郎は八丁堀をあとにしてきた。

二

街角の仏壇屋の小僧が店なかに香《こう》をくゆらせながら雨戸を開けているので、町家と分かった。

阿部川町であることは、仏壇屋の看板で知れた。神仏具御用、阿部川町伊勢屋とあったからにほかならない。

――なにが伊勢屋だ。死びとが増えて、伊勢《いせい》がよいなどとは不届千万……。

小僧を相手に小言をと思った三十郎だが、ぐっと堪《こら》えて通りすぎた。

――紅梅長屋と名が付けられているのなら、梅の木が立っておるはず。

三十郎は路地を曲がり曲がりしつつ、梅の木を探しまわった。

銀杏《いちょう》の大木、欅《けやき》や椎《しい》の木はあった。が、どこにも梅の木は見つけられず、一周していた。

──ということは、かつて紅梅があったものの、枯れてしまったか。

思いついたところで、天秤《てんびん》を担いだ豆腐屋とすれちがったので三十郎は訊《たず》ねた。

「このあたりに、紅梅と申す長屋があると聞いたが、知っておるか」

「よぉく知っております。油揚や豆腐、おからのお勘定を踏み倒す裏長屋です」

「裏長屋ではなく、表長屋のはずだが」

「いいえ、紅梅長屋というのは一つしかございません。あとはみな家主の名が付く表長屋で、幸兵衛《こうべえ》とか善六《ぜんろく》とか。紅梅長屋の家主は金右衛門さんで、そこの三軒目になります」

指さされ、三十郎は隠居所のような黒塀《くろべい》の一軒に入った。

「家主はおるか」

「はい、どちら様で」

暗い中から顔を出したのは、しっかりしすぎている細身の婆《ばあ》さんで、三十郎は後家となった伯母《おば》を思い出した。

「金右衛門店《だな》と聞いたが、そなたも後家か」

「はあ？　どちら様か存じませんが、あたしには、亭主がございますですよ」

「となると、亭主亡きあと男を引き入れ、家主を継がせたか。婆さん、やり手だの」

パサッ。

投げつけられたのは、台布巾《だいふきん》。同時に老婆は奥へ駈け込み、亭主を呼ぶ。

「ちょっと、あなた。おかしな男が――」

「誰だい、朝っぱらから」

火箸《ひばし》を手に顔を覗かせたのが、金右衛門らしい。婆さんより頼りなさそうなのは、目つきで知れた。

「なるほどな、おまえが後釜の家主か。後家となった婆さんに言い寄り、家作《かさく》まで頂戴してしまったわけだ。以前は、木戸番といったところであろう」

「言うに事欠いて、いきなりなんてことを」

「そなたが、金右衛門と見た。女房の尻に敷かれても、なんともない男でもある」

明るい外から入ってきた三十郎が武士だと知って、金右衛門は目を丸くした。

「あっ、お侍さまでございましたか」

「紅三十郎と申すが、南町遠山さまの下命を受け、やって参った」

「失礼ながら浪人さま、ではございませんな」

「南町奉行所与力である」

「長屋の下見に参られたのですね。さぁさ、こちらでございますよ……」

愛想よくなった金右衛門は下駄をつっかけ、表に出た。小太りで額《ひたい》が禿《は》げ上がった血色のよい六十男は家の裏手にまわり、突っかい棒をした小汚ない長屋を指さした。

「わたくし金右衛門店の一つですが、通称を紅梅長屋と申します。足元をお気をつけねがいましょう。溝板《どぶいた》を、踏み抜きますから」

「かつて梅の木があったのであろうが、裏長屋とは思いもせなんだ」

「梅など、ございません」

「おまえは後釜にすわったゆえに、知らぬのだ。紅い梅が咲いていたにちがいない」

「後釜もなにも、わたくし阿部川町で四代目となる家主でございます」

「なれば紅梅とは」

「勾配、でございます。ご覧のとおり古くなり、家そのものが傾《かし》いでおりますのです。子どもの手毬《てまり》なんぞ、放っておいてもコロコロと部屋の隅へ」

「――――」

「呆《あき》れてしまわれましたでしょうが、家主のわたくしとしても表長屋に建て替えたいのでございます。ところが、住んでおる連中は一人として出て行きません。従いまして、ここ阿部川町で裏長屋とされるのは、ここのみとなっております」

家主として店子《たなこ》を追い出せないこともないが、店賃を滞《とどこお》らせる者は一人もいないと胸を張った。

「月に幾らかは知らぬが、きちんと払える者たちなれば、もう少し良いところに暮らせるであろうが。かような危なっかしい長屋など、早々に取り壊せ」

「そう思いました。で、どういたせば店子らをとお役所へ出向いたのですが、駄目なのだそうでございます」

決まりどおりに払っている限り、先住権なるものが優先すると言われて諦めたと、金右衛門は口を尖らせた。

「であるなら、拙者があの突っかい棒を外してやろう」

足を踏み出そうとした三十郎に、家主は立ちはだかった。

「いけませんですよ、お役人さまともあろうお方が。店子を追い出すことはならぬと仰言《おつしや》ったのは、お奉行の遠山さまなのですっ」

「……、左様なれば仕方ない。それにしても、むくつけき長屋であるな。ヒョロバッタリというところだ」

「ヒョロなんとかとは」

「酔った者がヒョロリとよろけ、突っかい棒に触れる。支えられていた家は堪えきれず、バッタリと壁から倒れるであろう」

「なるほど、言い得て妙でございますな。して、与力さまとしての下見は、お済みでございましょうか」

「下見もなにも、表長屋のほうを見せてもらおう」

「三つばかりございますですが、これと申して不具合はございません」

「不具合のなんのではなく、拙者の仮住まいとなる表長屋だ」

「えぇっ。与力さまが、噂の――」

「噂とは聞き捨てならぬ。いかなる噂か」

「いえ、その、町人同様の暮らしをしてみれば、見えてくるものがあると……、そうでございます。遠山さまもお若いころ市井《しせい》の人に紛《まぎ》れ、町人の気ごころが分かる名奉行となられたのでしたから……」

家主はしどろもどろになりつつ、額の汗を拭った。が、三十郎は口元をほころばせた。

「となると、出世の糸口。やがて筆頭与力になるとの、ご示唆《しさ》であったか……」

家主の女房おたねが出てきて、皺《しわ》だらけの顔に更なる皺を加え、三十郎を見た。

「あなた。こんなお侍が、新しい大家に」

「今、なんと申した。婆さん、拙者は南町の与力であるぞ」

「けっ。与力だかヒョリキだか知らないが、お払い箱同然に追ん出されたんだろ」

「言うに事欠いて、追い出されたとは赦《ゆる》しがたい。ここへ直れっ、無礼討ちにしてくれる」

「やれるもんならやってみるがいいね。奉行所与力が、か弱い老婆を手討ちにしたと江戸中の評判になるよ。さぁ、どっからでもやるがいい」

六十女は尻をまくり、腰巻のまま井戸端に胡坐《あぐら》をかいた。

おたねの剣幕に、長屋の女房たちが出てきた。

「どうしたんですか、家主さん」

大きな声に出てみた女房たちだが、家主の女房は怖い顔して坐り込み、その横に羽織袴の侍が抜き身で立っているのだ。どう考えても、尋常な様子ではない。

が、なんであれ、侍の味方になる女がいるはずはなかった。

一人の女房がおたねの身に取り付くと、次々に囲むように守りはじめたのである。

三十郎は脅しただけだったが、事は大きくなっていた。

「家主。金右衛門であったな、どうにかいたせ」

「どうにかと仰言られても、わたくしには」

「頼むっ。家主どの、助けてくれい」

「仕方ありませんな。では、この長屋の差配をしていただけるというお約束なら」

「馬鹿を申せ。与力たる者が、小汚ない長屋の大家になんぞ――」

「でしたら、ご自身で始末をおつけねがいます。そぉら近所の者や物売りたちが、なにがあったのかと、見物に参りましたよ」

棒手振《ぼてふ》りの青菜売りに、寺の坊主、飛脚、荷を運ぶ馬までが顔を出してきた。

「な、なんでもないっ。散れっ、向こうへ行け」

十手まで掲げて声を上げたので、さらに野次馬は十重二十重の様相を見せはじめた。

「わぁ、金右衛門どのにお縋《すが》り申す。大家になろう」

「武士に、二言は、ございませんでしょうな」

「ない」

金右衛門は任せて下さいと、野次馬どもに向かって声を上げた。

「どうぞ、お通り。花見の余興、茶番芝居の稽古でございます」

家主のひと言で、見物していた連中は潮が引いたように失せてしまい、女房らもいなくなっていた。三十郎ひとり、ポカンと口を開けて唸《うな》った。

「かような奥の手が、あったか……」

「はい。世の中、すべからく芝居で成り立っておりますですよ。商家のいらっしゃいましの笑顔から、お役人さま方の睨む目まで、どれも芝居掛かっておるではありませんか」

「拙者は、いつも本気だ。嘘など、一度とてついたことはないっ」

入れ替わるように口を開けたのは、金右衛門だった。

「それで今日の今日まで、南町与力を——」

「質実剛健、公明正大をもって役所勤めを致すのが、幕臣たる者の務め。これ、婆さん。なにを笑っておる」

「今どき、いるんですねぇ忠臣蔵」

おたねが忠臣蔵と口にしたとたん、三十郎は相好《そうごう》をくずし、見得を切った。

「忠臣なのだ、拙者は。やはり義士に見えるか」

「いやですねぇ、おまえさまは高師直《こうのもろなお》だと言ってるんですよ。官位《くらい》が上だというのを鼻にかけ、塩冶判官《えんやはんがん》をいじめ抜く悪役そっくり」

「――――」

歌舞伎芝居の『仮名手本《かなでほん》忠臣蔵』では、高師直すなわち吉良上野介《きらこうずけのすけ》であり、ときに見物客から紙つぶてを投げつけられる役どころとなっていた。

「堅物かと思ったですけど、芝居をご覧になったことがあるんですね。与力の旦那」

「年に三度は、必ず観に参る」

「まあ粋《いき》なこと。贔屓《ひいき》は、どなた」

「左様な者はおらぬ。町方与力として、台本の監査をし、公序良俗に合致するかを判断いたす」

「なんだ野暮天《やぼてん》め」

「婆《ばば》ぁ、言うに事欠いて野暮とはなんだ」

「さっきから婆ぁ婆さんと、あたしは家主の女房だよ。おまえさんは侍でも、雇われ大家じゃないか。立場というのを考えるがいいじゃないか」

「雇われ、大家。この俺が……」

「そうですよ。野次馬を追い返したら、大家になると約束したばかりじゃありませんかね。べぇ〜」

赤い舌をベロリと出し、おたねは踏んぞり返った。

「…………」

決まりごとを覆《くつがえ》せない三十郎であれば、老婆の軍門に下るほかなくなっていた。

「では、紅梅長屋の大家として、とりあえず一年、働いていただきましょう」

金右衛門が箒《ほうき》を手渡し笑い掛けてくるのを三十郎は目を剝《む》いて言い返した。

「ひと月でよかろう。たいがいのことは知れる」

「いいえ。年季は一年と、お奉行遠山さまより申しつかっております。仕事ぶりによっては、一年が二年三年となってもよいと」

「拙者は女郎か……」

「夜鷹《よたか》女郎ほどにも、役立たないくせに」

「ば、婆ぁ」

「今日から家主さまの、おかみさんとお呼び」

「武士を、愚弄《ぐろう》してかっ」

「ぶし、ぶしと、鰹節《かつおぶし》ほどに堅いくせして使えない男だね、まったく。この町の住人になるのなら、それらしく振るまうがいいじゃないか。うちの人が言ったばかりだろ、世の中は芝居で成り立ってるんだって。忠臣蔵の大星由良之助《おおぼしゆらのすけ》は、京都の祇園で遊び人のふりして見せ、見事に討入ったんだ。嘘でいいから、お家主のおかみさん、今後よろしくねがいますと言ってごらん」

「――――」

老婆、それも町人の女にまくし立てられ、三十郎は為《な》すすべもなく立ち竦《すく》んでしまった。

「すみませんですねぇ、うちの婆さんが口の悪いのは生まれつき。あたしも苦労したんです。差配さんも、じき馴れますですよ」

「差配、と申すのか、大家を」

「正しくは差配でございましょうな。大家と申すのは本来、家主ですから」

なにがなんだか分からなくなってきた三十郎は、夢を見ているのだろうかと、家主の金右衛門の頰をつねった。

「痛いっ。な、なにをなさるんです」

「夢かどうかを、確かめただけだ。気にすることはない」

「気にしますですよ。うちの婆さんよりほかに、あたしをつねる者などおりません」

「ほう。店賃の上がりをチョロまかし、年増《としま》芸者に櫛《くし》の一つも買ったときであろう」

「え、えっ」

狼狽《うろた》えた家主は、女房にもう一方の頰をつねられた。

痛すぎて声も上げられないのか、金右衛門は突っかい棒に手をつき堪えたとたん、グラリと長屋が揺れた。

「おっと。大事な店子を追い出すわけには、参りませんでした。差配さん、火の始末だけでなく、柱、梁《はり》、壁、屋根そのほか、勾配長屋の保全には気をつけて下さいよ」

家主は三十郎の手にした箒を見ながら、笑い掛けてきた。

「建て直すなり修繕するなりの銭は、あるだろう」

「諸色《しょしき》高騰の時節、建て替えはもとより、もとどおり長屋に住めるようになるまで、店子らの住まいを当方の負担で賄《まかな》わねばなりません。とても、とても……」

「しみったれめ」

三十郎は家主金右衛門宅を見上げた。長屋の一棟くらい充分に建てられるほどの蓄《たくわ》えが、あるにちがいなかった。

が、それを問い詰めたら、娘の嫁ぎ先がなんの、外孫がどうの、薬代が、高利貸の悪い奴にと、嘘を並べるのが家主というものである。

一つずつ調べ尽くすと厖大《ぼうだい》な日数がかかるのは、勘定勝手方に異動させられたときに味わっていた。今こんなところで、自分の世間知らずに気づかされるとは思いもしないことだった。

甘かったのである。

真面目に、武士の本分を忘れることなく、幕臣として清く正しく生きてきた三十年が、水泡に帰すような空しさが湧き起こってきた。

しかし、三十郎は堪えた。

「いや、清々《すがすが》しい」

思わず口を突いて出た三十郎のことばに、家主夫婦は首を傾げあった。

「どうかしちまったのかしらね、与力の大家さん」

「さぁな。春先はちょいちょいこの手合いが出るものだが、もう秋だ」

「二人とも、安心してくれ。今日を限り紅三十郎、いい加減に生きることにした。狂ったのではない。今朝まで、世間なるところを知らなすぎたのだ」

笑ったのは、家主夫婦である。

「口先ばっかりだよ。一朝一夕に人が変われるものかい」

「そうですねぇ。人が瞬時にして入れ替わるなんて、信じられませんよ。はは は」

「なにを嘲《あざけ》るのだ。武士が、奉行所与力の拙者の、心よりの改心、いや改悛《かいしゅん》の情を一笑に付すとは赦せんな。そこへ、直れっ」

刀の柄《つか》に手を添えた三十郎に、老夫婦は揃って首を差し出した。

「南町の紅三十郎は、鬼より怖いと恐れられた与力なるぞ。脅しなどではない」

夫婦の鼻先にギラリと光る抜き身を見せたが、動じないどころか突き出された刃先に、金右衛門は舌を載せた。

「――――」

「たいそう冷たいものでございますねぇ、与力の旦那」

「しゃ、しゃべると舌が切れるではないか」

「武士を愚弄したゆえ、無礼討ちと仰言るのなら、地獄へ落ちて閻魔《えんま》さまに舌を抜く手間が省《はぶ》けたと喜ばれます」

「………」

三十郎の抜き身が離れたことで、家主夫婦は顔を上げた。

なにやらヒソヒソと話し込んでいる。

「安心するがよい。お縄に致すつもりはない」

ゆっくりと鞘《さや》に太刀を納めると、金右衛門が面《おもて》を向けてきた。

「分かりましたでございますよ、与力さま」

「なにが分かったと申す」

「お奉行さまが、あなたさまをここへ送り込んだわけが」

「どう分かったのだ」

「江戸の、町人ってぇもの、をまるでご存じない」

「誰が」

「あなたさまでございますよ、与力の旦那」

おたねが口を添えた。

「馬鹿を申せ。与力となって半年余、この紅三十郎、一度とてまちがいを犯したことはない」

「そう青筋を立てて言い切ることが、おかしいのです。さように熱《いき》り立たず、まぁ中へお入りなさい。婆さん、お茶だ」

「粗茶のほうでいいですね」

「いちばん古い、湿気《しっけ》たほうでな」

呆れ顔をして見せる三十郎に、家主はその対応がよろしくないのですよと目で言った。

三

誰でも、見栄は張りたい。

家主に招じ入れられ、三十郎は聞き込みをされる参考人にされた気になった。

正直には答えるが、都合のよいほうに色をつけるものだ。

「失礼ながら、禄高はいかほどで」

「二百石五人扶持《ぶち》ではあるものの、八丁堀では若い同心見習が身のまわりの世話を致しておったゆえ、俸禄米は余っておる……」

「なかなかでございましたな、紅家は」

「左様。関ヶ原では馬廻役《うままわりやく》として鳥居元忠《もとただ》公に随《したが》い、手柄を挙げておる」

「それはまた大層なお働き、ご主君が伏見城で討死となっても生きて帰られましたわけで――」

「わが祖を、侮辱いたすのかっ」

右脇に置いていた差料に、三十郎は手を伸ばした。

「侮辱と仰《おお》せになるのは、言いすぎでしょう。わたくしども町人とて、講釈なんぞで関ヶ原を知っております。手柄云々《うんぬん》などと申さず、伝令として家康公のもとへ馳せ参じていたため死に遅れたと、申されたほうがよろしいかと存じます」

冒頭から軽く往《い》なされ、早くも立場が失《う》せたことで、三十郎は町人の恐ろしさを知らされた。

――鳥居元忠の名を、知っていたとは……。

今日の今日まで町人に学問はなく、日々の暮らしを懸命に営んでいるものとばかり思っていたのである。

「お見受けする限り、齢《よわい》三十前後のご様子ですが、与力となられてから、まだ半年余と」

「いかにも半年だ。冷飯《ひやめし》、いや部屋住《へやずみ》の身の六男坊で、武州秩父《ぶしゅうちちぶ》の在に養子に入り暮らしていた。長兄が病死したゆえ、江戸に戻った」

家主夫婦は小膝を叩いて、笑いだした。

「どうもおかしいと思ってたのよ、見るからに野暮《やぼ》でしょ。やっぱりねぇ、秩父だって」

「うん。江戸を知らなすぎる上、やたら身分をひけらかすものなぁ。あはは、こりゃいいや」

婆《ばあ》さんは気負い込んで、重ねた両手を右肩に上げると、

「鍬《くわ》や鋤《すき》を持つと、誰にも負けないでしょ」

「ふざけるな。百姓家の養子ではなく、旗本知行を預かる代官手代である」

「手代というと、番頭さんの下だわ」

「嬲《なぶ》るのも、いい加減にしろ。武家の身分が分からんのか、婆さん」

「身分ね。もう随分前に、崩れちまいましたよ。天下泰平二百年、お侍は一つも働かず生きてんだもの、田舎じゃ知りませんが江戸や大坂じゃ役立たずと言われてんの」

「……、嘘であろう」

「嘘もなにも、外へ出てごらんなさいましな。通りをすれちがっても、お侍のために道の真ん中を空けませんよ。無礼討ちは五十年このかた、市中に一度もなし。抜き身を払うのは押込み強盗だけ、それも浪人ですから」

おたねは一気にまくし立てて、ケロリとした顔を見せた。

考えてもみなかったことである。が、町方与力とはいえ、一歩も奉行所を出ずに仕事を覚える半年だった。

配下の同心から上がってくる案件と、祖法に照らし合わせて処理するだけ。

下手人が連れてこられたときは厳しく責め、少しでも辻褄《つじつま》が合わないと知ると、同心に徹底して調べ直させた。

すべからく天下の御政道に則るべく、昼夜を問わず働いていた。

「紅さま、いかがなされました。うちの婆さんの剣幕に、やり込められたのではないでしょうな」

「まちがっていたとは申さぬ。が、悪《あ》しき者を、憎みすぎたようだ。罪のほうを憎むべきであった」

三十郎は、ふと奉行所内でのあれこれを思い直した。

秩父の在から江戸の町与力に出世した折、鬼与力となろうと決意したのである。「乱れきった世の中を、俺の手によって糾《ただ》す。そのためには、鬼役人となるほかない」

江戸へ向かう日、妻に深刻な面《おも》もちでことばにした。今になって思えば、妻はポカンと口を開けて呆《あき》れていた気がする。

それと同じ顔つきをしたのが、家主の女房おたねだった。

「聞いたような台詞《せりふ》は、十年早いね。罪を憎んで人を憎まずってぇのは、功なり名を遂げたお方が言うもんですよ」

「婆《ばば》ぁ、口が過ぎるであろう」

「お家主さまの女房だと、言いましたよ。昨日今日やって来た田舎侍が、偉そうに──」

「止《よ》さないか、おたね。浅葱裏《あさぎうら》の与力さんも、いずれ江戸の水に洗われりゃ粋《いき》になれるってもんだ」

金右衛門は取りなしたつもりだろうが、三十郎は浅葱裏のひと言にムッとした。

「よりによって、浅葱裏とはなんだ。ど田舎の藩士と、同列に致すでない」

国表《くにおもて》から出府した藩士の多くが、羽織の裏地に浅葱木綿《もめん》を用いていた。汚れが目立たないように、それでいて白っぽい色なのだが、江戸では貧乏くさいと笑われていた。

「となりますと、紅さまの羽織裏は白でございますな」

「ん……。いやまぁ、むろん」

言ったとたんに、おたねの手が伸びた。

「ありゃりゃ、立派な浅葱だわさ」

老夫婦が、顔を見合わせて笑う。その笑い声に、長屋のなかから女房たちがおそるおそる顔を出してきた。

「どうなすったんですか、家主さん」

「出て来なされ。案ずることはない、今日から差配をして下さる紅さまだよ」

「えっ。お侍と聞いてましたけど、月代《さかやき》を剃って羽織袴《はおりはかま》の——」

南町の与力なるぞと、三十郎が房つきの十手を出そうとしたとき、おたねが口を開いた。

「大丈夫よ、浅葱裏だわさ」

「なぁんだぁ、野暮の骨頂さんですか。ねぇ、国表はどちらなの」

「女。これが見えぬか」

十手を長屋の女の鼻の先に、ちらつかせた。

「やだっ。お芝居の役者なんだ、それ小道具って言うんでしょ」

「小道具と……」

「ちょっと見でも猿若町《さるわかちょう》の役者さんには思えないから、あんたドサ廻りね」

「ドサ廻りではなく、市中出廻りである」

家主夫婦が腹を抱えて大笑いしたことで、三十郎は頭の中が真っ白になった。

――夢だ。これは夢にちがいない。

クラクラしそうな体を立て直し、目の前にいる長屋女房の頬をつねろうとした。

パチン。

鋭い平手打ちが女の手からもたらされ、無礼なと三十郎は飛び掛かろうとしたが、家主や女房たちに押えつけられた。

「大人げないではありませんか」

「なにを申す。ことばなれば赦《ゆる》せるが、この女どもは拙者を――」

「先に手を出されたのは、あなた様です。か弱い女に、お侍が手をあげるなど」

「手など上げてはおらぬぞ。わずか頬に触れただけ」

「それがいけませんのです。ここは、江戸の裏長屋です」

「裏長屋では、身分序列がちがうとでも申すのか。家主」

「はい。お武家さまのほうは従前どおりでございましょうが、商家からこんな裏長屋まで、女のほうが強いものとお含みおきください」

「分からぬ。江戸の町人女が、武芸に長《た》けておるとは、聞かぬ」

「すべては銭《かね》ゆえだと、お考えを改めるのがよろしいかと存じます……」

金右衛門は真顔になって、江戸市中の夫婦について説きはじめた。

まずは商家。大きければ大きいほど屋台骨を支えるには、主人の才覚が重要となる。武家のように嫡男が継ぐと、乳母日傘《おんばひがさ》でヌクヌクと育った伜《せがれ》は世間の荒波に呑まれかねない。そこで出来のよい手代を、婿《むこ》として取り立てる。これこそが、長続きの極意だと言い切った。

「知っておる。多くの主人が女房に頭が上がらぬこと、分からぬでもない。しかし、かような裏長屋に跡継ぎなど意味がなかろう」

「なにを仰せですか。貧しければ貧しいほど、やりくりは大変なのでございます。稼ぎの少ない亭主をもてば、台所は火の車。今月はどこの借銭《しゃくせん》を先に返し、米屋には待ってもらおう。来月は酒屋だが、呑みすぎて払いが多くなる。仕立て直しの賃仕事をもっと貰わねばと、それはもう女房の算段ひとつです」

「亭主は女房の尻に敷かれるな……」

「お分かりいただけましたでしょうか」

「しかし、長屋には横暴な男が多いとも、耳にしておる」

「確かに殴る蹴るの男はおりますが、長屋の女房連が総出でとっちめます。それでも駄目な亭主は追い出されるか、女房が子連れで逃げるしかございません。そうした男は、どこへ行っても使い物にならないものです……」

幸いなことに、紅梅長屋には不届きな男はおりませんと付け加えた。

「となると、男尊女卑ではなく女尊男卑になる」

「結構なことばでございますな」

家主の金右衛門が笑いながらうなずくと、女たちは各々《おのおの》の家に引っ込んでしまった。

「さて、新しい大家さんの住まいを見ていただかなくてはなりません」

「左様だ。二間《ふたま》つづきで庭をもつ表長屋と聞いておるが、ここに近いのか」

「そこでございます」

金右衛門は咳払いをして、紅梅長屋の路地を歩きはじめた。

ほんの十歩、家主は傾いだ長屋の突きあたりに立ち止まった。

どん突きとなる一軒の戸を蹴って、引戸を力ずくで開けた。

「掃除はしてございますが、なにぶん古いものですゆえ、少々力を要します。住めば都のことばどおり、独り身の紅さまには広すぎましょう」

「待て。ここは当長屋の端の一軒であるぞ」

「ではございますが、二軒ぶち抜きといたしました」

言いながら家主は中へ入り、隣家との薄い板壁を取り払ってあると見せた。

「九尺二間《くしゃくにけん》の、裏長屋であろう。拙者は、庭付きの表長屋と――」

「ものは言いよう。庭はかつて物置としていたところで、これも失《な》くしてございます」

「外に出て庭と申すつもりか」

「ご安心くださいまし。安普請《やすぶしん》の裏長屋は、こうして羽目板を外せば外に出られますので」

家主はここをこうしてと、羽目板の外し方までやって見せた。

「話がちがう」

「紅さま。あなたさまは本日をもって、下野《げや》なされたのです。話もなにも、世の中とは嘘で作られていると申したではありませんか」

「わたしは、下野に……」

下野とは官職を辞して在野に下ることだが、三十郎は市中目付役を命じられていた。

目を閉じて考えた。

夢でないとするなら、これは南町奉行遠山左衛門尉の、深慮遠謀《しんりょえんぼう》にちがいあるまいと思えてきた。

——法をいささかも曲げないわたしを下野させ、江戸市中の不道徳を洗いざらい挙げることで、ご政道を昔どおりに……。

ニヤリと笑った三十郎を、家主は目を丸くして見た。

「ご不満な点でも、ございますか」

「構わぬ。本日より、大家だか差配の御役《おやく》をまっとうしよう」

根は楽天家の三十郎である。市中に紛《まぎ》れての隠密役なのだと思い込むことで、気が大きくなっていた。

九尺二間も二軒つながると広い上、伸び伸びできそうに思えた。畳は青々と新しくまだ箪笥《たんす》もないからだろうが、ちょっとした極楽なのかもしれない。

「それでは一年、よろしくおねがい申します。長屋連中との顔合わせは、男たちが仕事より戻ったあと、家主のわたくしのところでいたすことに」

帰ろうとした金右衛門を、三十郎は呼び止めた。

「いずれ小簞笥の一棹《ひとさお》くらい持ち込まぬでもないが、夜具蒲団《ふとん》の類《たぐい》はいつ入る」

「はぁ？」

「晩秋となった今、火鉢ひとつない中ではいかんともしがたい。家主のところに、置いてあるのか」

「八丁堀の組屋敷では、どうされておられたのです」

「夜具、簞笥、火鉢に鍋釜その他もろもろは揃っておった。自前のものは着物、履物《はきもの》、箸茶碗だけであったと記憶する」

「どこの長屋でも、ありえません話ですな。箸一膳から蒲団まで、揃えていただかなくてはなりません」

「拙者が自前で、持ち込むと」

「はい。すべて揃えるのは値が掛かると仰せなら、古道具屋を連れて参りますが、どういたしましょう」

古道具屋といわれても、売る物は一つもなかった。

「今ひとつ聞きたい。今夜、いや今日の中食《ちゅうじき》はどうする」

「ご自身がお好きな物を、召し上がればよろしゅうございます。蕎麦屋《そばや》へ行くなり、めし屋へ入るなり、いかようにも」

「先刻の長屋の女房に、頼めるか」

「二十文《もん》ばかりお払いになれば、仕度をしてくれるかと存じます」

「そうか……」

一文も銭がないとは、言えなかった。八丁堀を出るとき、妻子が危篤に陥った場合以外、なにがあっても戻ってはならないと言われているのだ。

銭を無心するなど、もってのほかだった。といって借銭のできる知りあいなど、一人もいない。

ただし、一つ。三十郎は衿元《えりもと》に、もしもの備えとなる一分《いちぶ》銀を縫いつけていた。

一分金ではなく銀だが、半月は食いつなぐことができるだろう。

内与力の高村喜七郎のことばを思い出した。

「男なら働け」

そんなひと言が、今日からの暮らしに関わってくるとは考えもしなかった。

雨露を凌《しの》げる住まいがある限り、乞食ではなかろう。しかし、やがて食べる物に困り、寒さに凍えるのだ。

「家主どの。働くところを、紹介してくれぬか」

「えっ。大家さまが、仕事を探すのですか」

大家さまと言われて、三十郎は笑顔となった。

「そうか、月々の店賃《たなちん》が入るのであったな。済まぬが、前払いをしてくれると助かるのだが」

「前もって申しておきますが、店賃は家主であるわたくしが得るもの。差配する大家は、ただで家を与えられております」

「ということは、大家は無給か」

「厠《かわや》に汲取《くみと》りが月に二度、参ります。それほど多くはございませんが、それは大家の取り分。人にもよりますが、町内の火ノ用心をして廻ることで銭をいただいたり、長屋連中の頼まれごとを引き受けての駄賃、番小屋の小商いを足しにする者もいると聞きますが、ほとんどの大家は若い時分からの蓄《たくわ》えを切り崩して暮らしておるとのこと」

蓄えのない三十郎である。下野した今日日から、困るのだ。

餓死が待っている。

「仕事をもたねば、江戸町人の懐《ふところ》へ入ってゆけぬ気が致すでの……」

三十郎は取り繕った。

「よろしい心がけでございますな。お侍の場合、子どもたちへ読み書きを教える手習師匠《てならい》、あるいは剣術の真似ごとで体を鍛えさせる方もございます。といって、浪人さんのような傘張りや虫籠《むしかご》づくりといった手内職は、立場上よろしくないでしょう。まぁしばらく、考えておきますですよ」

「急ぐのだが、家主どの」

「南町与力であれば、ひと月やそこら——」

「いかん。言うに言われぬ理由《わけ》があり、数日内に銭が要る……」

声をひそめた三十郎に、金右衛門は訳知り顔を返してきた。任せてくださいと、口元をほころばせて裏長屋をあとにした。

四

広い阿部川町、知る人ぞ知る口入屋《くちいれや》の福成屋《ふくなり》は小さな寺の片隅にあった。主は元尼僧で、妻子持ちの坊さんとよからぬ仲となり、尼寺を追われた中年の女である。

　どうした経緯《いきさつ》で口入屋を、それも寺の一郭《いっかく》で開けたのかは誰も知らない。が、人の亭主を寝盗ったわりには、堅実な仕事を見つけてくる女と評判になっていた。

「おや、金右衛門さんでしたか、お久しぶりですこと」

「景気はどうかね、お福さん。口入屋を覗けば今が見えるというが、客はあたし一人かな」

「誰も来ないってことは、仕事にあぶれている者が少ないとの証《あかし》です。家主さんは、油を売りに来ましたか」

「売りたいねぇ、色年増《いろどしま》のおまえさんに言い寄ろうか」

「お爺さんが、お寺にやってきて尼さんと一戦まじえるのも一興でしょうが、生憎《あいにく》こんな女にも亭主もどきはいるんでね」

「恐れ入谷《いりや》の鬼子母神《きしもじん》。骨になるまで女だったとは、お釈迦さまでもご存じあるまい」

「ひっ」

　金右衛門が言いながらしなだれ掛かると、木魚の棒で股間を叩かれた。

「あれまぁ。いちもつはまだ痛みをおぼえるんですねぇ、お若いこと」

「酷(ひで)えな。年寄りを大切にとは、仏の教えじゃなかったか」

「それは儒学ですよ、子《し》のたまわくの」

「さて。冗談はおいて、口入れの頼みがあって来た。大きな声じゃ言えないが、南町の与力でね」

「与力が身をやつしての、隠密仕事ってことかしら。調べる先は、どこよ」

「そうじゃなく、おまんまが毎日食べられるようにするための、働き口をだね……」

阿部川町の家主は、裏長屋へ名奉行が送り込んできた野暮天《やぼてん》与力の話を、かいつまんで話しはじめた。

「嘘でしょ今どき」

そんな侍がいるんだと、世間という此岸《しがん》を知り抜く元尼僧お福は笑った。

「つまり、無粋《ぶすい》にすぎる与力さんを、どこかへ押し込めというのね」

「難しいからこそ、おまえさまの力を借りに来たんだよ。見るからに浅葱裏《あさぎうら》なんでね、侍であることも田舎者まる出しなのも、隠しようがないと思うのだ」

「なるほど、こりゃ難しい男だわ。奉行所の役人なら、賭場《とば》の用心棒は駄目ね。人に頭を下げられないから、物売りも無理。といって、人足のような力仕事をするとは考えられない……」

　小さな抽出《ひきだし》の並ぶ箪笥《たんす》を開けながら、お福は首をひねっていた。

「その与力さん、女はどうなの」

「どこから見ても、堅物。妻女さま一人の、一穴主義《いっけつ》だろうな」

「一穴主義とはいいわ。これしかないわ」

　出した紙きれには、亀の湯と書かれてあった。

「釜焚《かまた》きかい、湯屋の」

「侍なら薪割《まきわ》りは得意だろうけど、頼まれているのは、番台」

「行くっ。あたしが番台に立つ」

「馬鹿言ってんじゃないの、いい年して。おかみさんから痛い目に遭うわよ」

「構うものかね。惚《ぼ》けたふりして、番台にすわる。うちの婆《ばあ》さんなんぞ……」

　金右衛門は紙きれを取ろうと、突進した。

　軽く躱《かわ》され、口入屋の女は紙きれを読んだ。

「盗難の多い昨今、睨みの利く男に限る。ただし、女癖のよろしくない者を除く。わたしも忘れていたのよ、こんな男は江戸にいないから無理だって。与力なら、ピッタリじゃないの」

「ならば、あたしは後見人ということで――」

「ご町内の嫌われ者になりたいの、金右衛門の旦那」

「ま、まぁそれならば、番台の下に覗き穴をこしらえて……」

「分かったわ。与力さんの身元請人《うけにん》は、おかみさんということにしましょ」

「えっ。おたねを請人に」

「今からお宅へ伺って当人の面通しをしたら、請人の証文をいただくことにします」

言うが早く、元尼僧はまだ伸びきらない髪を茶筅《ちゃせん》に結《ゆ》い直すと、金右衛門ともども外へ出た。

話が早く進んだのは、言うまでもなかった。

元尼僧の口入屋お福が、一目で三十郎を湯屋の番台に打ってつけと見込んだのである。

一方の三十郎は、盗難を見張ることに意義を見つけ、ふたつ返事で引き受けた上に、こんな余計なことを話した。

「そなたらは知らぬであろうが、八丁堀の湯屋では与力のみが朝、女湯に入れるのだ」

「はいはい、よく存じておりますよ」

八丁堀に住んでいなくても、町与力だけは朝湯、それも女のほうに入れると知っている。

役得ではなくおだてに近いことで、市中を守ってくれる与力さまには清浄な湯につかってもらいますとの、御礼のようなものが今につづいているだけなのだ。誰も入っていない湯をつかってくれて結構、それも女湯に朝の客はいないからでもあった。

ゆえに八丁堀の湯屋には、刀掛けもある。

知らない者などいないのに、三十郎が誇らしげに言うのは滑稽でしかなかった。

「なれば、今より湯屋へ行くことに致そう。口入屋、随《つ》いて参れ」

「紅さまね、働いてやるとの姿勢で行っちゃいけませんです」

「よろしいですか、湯屋へ奉公に上がるのですからね。与力のヨの字も、口止めですよ」

家主と口入屋に釘を刺されると、三十郎は目を白黒させながらうなずいた。

亀の湯とある。が、下がる暖簾《のれん》は鶴と兎《うさぎ》だった。

「洒落《しゃれ》ておりましょう。紅さま、亀の絵なんぞを掛けないところがいいんです。

といって、枕絵の亀の頭は出しませんや」

絵解きをした金右衛門の後頭部を張り倒したのは、口入屋の女主《おんなあるじ》である。

「おまえさまは湯屋の入口で、お帰りなさいましよ。中へ入ったら、なにを言いだすやら」

「…………」

案の定、金右衛門は女湯の側に下駄を脱ごうとしていた。

おどろいたことに、三十郎も女湯のほうへ入った。

「ちょいと、おまえさん。入口がちがいますよ」

湯屋の主人吉兵衛《きちべえ》が呼び止めるのも耳に入らず、着物を脱ぎはじめたのである。

それも、脱ぎ散らかして石榴口《ざくろぐち》へ向かったのであれば、女の悲鳴が上がった。

「キャッ。なんなの、この人」

「まだ朝である。拙者が入れる時刻であろう。おまえ方の裸なんぞに、おかしな気は起きぬ……」

パカン。

三十郎の横鬢《よこびん》あたりに、空の湯桶が飛んできた。

「痛いではないか、乱暴な」

「乱暴もなにも、おまえさんが狼藉《ろうぜき》を働いてるんじゃありませんか」

「狼藉とは言いすぎであろう。ここにおる女どもは、煮くずれた大年増の群れ。誰も、その気にはなるまい。いや、人前でかような無様《ぶざま》きわまる肌をさらすことは、取締らねばならぬ」

「なんて失礼な……」

大年増の四人連れは、眉を逆立てて湯殿から出てきた。

「相模屋の、大女将《おおおかみ》さん方。これはなにかの手ちがいでございます。どうか、ご内聞に」

「亀の湯さん。もう二度と、こちらへは参りませんからねっ」

四人は急いで着物を引っ掛け、帯を掛けまわすと出て行ってしまった。

「吉兵衛の旦那、申しわけございません」

「なにも福成屋さんが謝ることじゃなかろう。いきなり女湯へ入り、裸になった男がいけないのだ」

「その男が、こちら様の奉公人でして」

「あ、あんなのを、うちが雇うの？」

「はい。これ以上の適材は、まず見つけられません」

「無礼者の塊《かたまり》ですよ、あれは」

「ですが、助平《すけべ》ごころがない上に、やくざ者へも睨みが利く町与力ですから」

「与力……。与力ってぇのは、みんなあんなのかい？」

市中にある町人のほとんどは、同心は知っていても与力に会うことなど滅多になかった。

「あたしも初めてなんです。まぁ、規格外れとでも言うんでしょうか」

呆《あき》れ返って見つめる二人の声などどこ吹く風と、三十郎は湯舟につかっていた。

午《ひる》まえの女湯には、三十郎のほかに誰もいなかった。

寒くなりつつある今、手足をいっぱいに伸ばしての朝湯ほど心地よいものはないだろう。それが奉公すればいつなん時でもできることに、限りない喜びを涌かせていた。

「考えると、昨日までの私は、世の中と言われていたものに、がんじがらめとなっていたのだ……」

深い感懐《かんかい》に三十郎は太い吐息をつくと、髪が乱れていることに気づいた。

家主の婆さんや、どこぞの大年増にたった今ぶつけられた湯桶が、与力の髷を崩してしまったのである。

三十郎は湯舟から立ち上がり、手を叩いた。

「………」

返事ひとつないことに、怒りそうになったが堪《こら》えた。ここは八丁堀の湯屋ではないと。

「頼もう。誰ぞ、髪結を連れて参れ」

八丁堀の屋敷には、毎朝きまった髪結があらわれ、三十郎に限らず与力や同心の頭を作ってもらえたのだ。

江戸には、三男《さんおとこ》と呼ばれる美丈夫がある。力士、火消、与力で、人気の男前とされていた。

男前とは心意気をいうのであって、見目かたちがよい役者とはちがう。三つとも体を張った渡世ゆえ、誰もが一目も二目も置く。

中でも与力は侍であるばかりか、ごく少数の御家人のみがなれるのであれば、別格といえた。

が、威張り散らしてはいけないと、三十郎は自重を心がけることにした。ここは一つ、髪結を呼んで来いと、強く命じては与力の評判が下がりかねない。

慇懃《いんぎん》に出て行かねばと石榴口をくぐり出た。

湯気が失《う》せたところに、先刻の口入屋と湯屋の番頭があらわれた。

「済まぬことながら、髪結に来てもらいたいのだが、走ってくれぬか」

「あなたの髪を、結う人ですか」

「左様。髷がこのように乱れてしまった。当家の番頭なれば、ひとっ走り」

「言っておきます。あたしは番頭ではなく、亀の湯の主人です。そして、あなたは奉公人なのですから、ご自身で呼んで下さいまし」

「初日くらい、大目に見てもよかろう」

「駄目です」

「そのような頑固一点張りだと、奉公人は居つかんぞ」

「――。あなたね、与力だったのは、昨日まででしょう。今日から、湯屋の下働きとなるんです」

「分かった分かった。拙者が呼んで参る。髪結床は、どこだ」

「出てすぐの向かいに、蟹床《かにどこ》というのが看板を掲げてます」

「蟹床か、耳を切られそうな名だ。アハハ」

「酔ってらっしゃるんですか」

「と、申すなら、酔った。湯に酔った」

「湯にあたったと、言うのです」

「そうか。いい湯である。贔屓《ひいき》にするぞ、亀の湯」

「はいはい。では、行ってらっしゃいまし」

「着物が見当たらぬのだが、そなた取り置いてくれたか」

「いえ、存じません」

「おかしいではないか、客は他におらぬのだ。着物が歩いて、先に帰ったとでも申すか……」

脱衣場には、下帯の一つもない。犬か猫が咥《くわ》えていったとも考えたが、羽織や帯まですべてとはおかしすぎる。

「盗《ぬす》っ人《と》が出ましたのかもしれません」

「見張りはいかがした」

「紅さま。あなたが見張り役の、番台方ですよ」

口入屋のお福が名指しで非難したので、三十郎はわれに返った。

「ま、待て。着物や帯だけではない。差料としていた大小、それに十手も……」

「とんでもないことになりましたですなぁ。公儀《おかみ》の御用をあずかる与力の旦那が、十手を盗られたとなりますと――」

「切腹でなくとも、罷免《ひめん》されて禄高を減らされるかもしれませんわね」

湯屋の主と口入屋が、怖ろしいことを煽《あお》ってきた。

「こうしてはおれぬ。盗っ人を追わねば」

走りだそうとした三十郎に、お福は声を掛けた。

「素っ裸ですよ、紅さま」

「えっ」

三十郎は気づいたものの、裸でなにが悪いと言って、主の吉兵衛が着ていた羽織を奪うと外へ飛び出して行った。

「………」

「ふりチンだよ」

お福と吉兵衛はポカンと口を開けた顔を、互いに向けあっていた。

「聞きしにまさる与力だね」

「裸を恥じない侍が、いるんだわ」

「こりゃ、掘り出し物かもしれないな」

「脅しが過ぎたかしら」

言いながら、お福は隠していた三十郎の着物を取り出した。

二　湯屋の番台与力

一

盗られたとされた着物や大小は、出てきた。屑屋《くずや》がまちがって持って行こうとしたのを、湯屋の女将《おかみ》が預かったのだと三十郎《さんじゅうろう》は聞かされた。

「まぁあったのならよい。公儀《おかみ》より賜《たまわ》りし十手さえ戻れば、御役《おやく》をまっとうできる……」

大仰《おおぎょう》な房の付いた十手を三十郎は撫でながら、湯屋の主人吉兵衛《きちべえ》に笑い掛けた。

「あなたね。三十郎さま、褌《ふんどし》くらい着けなさいまし」

「褌……。そうか、町人どもは下帯と申さぬのであった」

出された着物から下帯を取り出すと、三十郎は吉兵衛の前に突き出した。

「なんですか、いきなり鼻先へ」

「締めてもらいたい」

「ご自身でなさいましよ。本日たった今から、あなた様は亀の湯の奉公人でございます」

「分からん奴であるな。吉兵衛とやら、拙者は所帯をもって以来ひとりで締めたことはない。相撲の力士とて、させておるぞ」

妻女が締めてくれるのが、あたり前のことと信じていた。

「ですから、昨日まではちがうんです。関取が幕下に落ちたと、お考えねがいましょう」

「幕下。拙者が――」

「その拙者と言うのは、お止めくださいましな。江戸根生《ねお》いのお侍は、わたしと言ってます」

「照れるなぁ」

「三十郎さまねぇ、照れると仰言《おつしや》るなら、まず褌をお締めなさい。もう……」

外から戻っても素っ裸のまま、なんら恥じない三十郎の様に、吉兵衛は目のやりどころに窮した。

「吉兵衛。手伝ってくれ」

番台に片脚を掛けた三十郎は、股間を見せつけるような恰好となる。

「お止《よ》しくださいな。ご自慢のいちもつでございましょうが、あたしにその気はございませんですよ」

「舐めてみろとは、まちがっても申さぬ」

「あたり前ですっ」

三十郎の背側にまわった吉兵衛は、六尺の下帯を渋々着けはじめた。が、どうやら町人と武士とでは締め加減が異なるものか、立っているだけの奉公人はしきりと首を傾《かし》げた。

「もそっと右。いや、それでは弛《ゆる》すぎるな」

「分かりません。どうしてもと仰言るなら、八丁堀の奥様を呼んで参りましょうか」

「ならぬ。それだけはならぬ、ことになっておるのだ」

「紅《くれない》さまのところもまた、ご養子で」

「ちがうっ。正真正銘、拙者いや、わたしは紅家の跡継ぎである」

「さようなお方が、湯屋に奉公をなさいますので――」

「声が高いぞ。これには理由《わけ》があってな……。ふっ、ふ」

不敵な笑いは、市中影目付《かげめつけ》の密命を帯びているとの、三十郎の言うに言われぬ自負からだった。

「これでよろしゅうございますか」

顔をしかめた三十郎は、弛いと言って下帯を解いた。

「やり直してくれ。かような締め方では、力が入らぬ」

「無理だと思います。だいたい番台に上がって、なんで力を入れる必要があるんです。湯へお越しくださるお客を、ニコニコと迎えるのが、番台方の勤め」

「わたしは笑って迎えるのか。口入屋《くちいれや》の話では、着物や履物《はきもの》を盗む者を見張ってくれと申しておったぞ」

「誰も彼も警戒していたら、お客が寄りつかなくなるじゃありませんか。盗っ人《ぬすっと》を見たときのみ、強面《こわもて》をねがいます」

「なれば、こうか。笑うとは」

言ったものの、愛想よい笑顔を作れるはずもなかった。

「いずれできるように――。あなたね、ふりチンのままですよ」

「番台に上がれば、誰からも見えぬではないか。湯屋は温かいゆえ、これで参りたい」

「駄目です。お客が来はじめると、しょっちゅう番台から下りたり上がったりの仕事がございます」

ふと吉兵衛は、思いついたように自分の着物をたくし上げた。

「ほう。いちもつ自慢をしたいのか、吉兵衛」

「冗談も言えるんですね、与力の旦那も」

「ちがうのか。汚ない魔羅《まら》を、見せびらかそうというのではないのか」

「汚ないだけ余計です。あたし、一計を案じました。町人になると仰言るのなら、褌をお締めなさい。これは、越中《えっちゅう》褌と申します」

吉兵衛は自分の褌を外し、紐の両端を持って掲げて見せた。

「においを嗅げと、申すのではあるまいな」

「洒落《しゃれ》にもなりません。これと同じで新しいのなら、うちにございます」

「誂《あつら》え物か」

「まさか。かような物は、どこにでも売ってます。すぐに、取って参りますです」

「銭を払えと申すなら、断わるぞ」

「大丈夫です。安い物ですから」

吉兵衛は、奥へ入って行った。

ふたりのやり取りを見ていた亀の湯の女中が、目を丸くして女将のもとへ走った。

「女将さんっ。旦那と新しい奉公人が、男根《だんこん》を見せあってます」

「大根を。それとも、甘辛のお団子かい」

「いえ男根、殿方の魔羅です」

「自慢のいちもつじゃなかったはずだけど、うちの人のは……。おかしな道楽を流行《はや》らせようとしているのかしら。いけないよ、湯屋だからって」

あわてて出て行こうとした女将の前に、亭主の吉兵衛がやってきた。

「おい、褌の新しいのを持ってこい」

「あなた。いやですよ、ご町内で番附《ばんづけ》をこしらえようなんぞという遊びは」

「番附とは、なんの」

「阿部川町《あべかわちよう》魔羅自慢とか、嘉永いちもつ合戦――」

「止《よ》しやがれ、くだらねえことを。あっ、これのことか」

下半身が丸出しのままだったことに、吉兵衛は気づいて女中に笑い掛けた。

「ヒャッ」

女中は目をつむりながらも、薄目を開けて吉兵衛のものを見ていた。

思いのほか、越中褌が心地よいものだと感じた三十郎だった。

風通しがよく、着けるのは簡単、着物の裾《すそ》をたくし上げたままでも咎《とが》められない。

それにしても番台は、なんと眺めの良いことか。三十郎は奉行所のお白洲《しらす》もこれに馴らい、奉行が番台に出座し、左右に訴えた側と訴えられた側がすわればよいと考えた。

奉行は高いところにいるものだが、番台を設《しつら》えることで書いたものが置け、訴えた者の名や出来事の日時をいちいち与力たちに訊《き》く必要はなく、それを見れば済むではないか。

「さすが名奉行、あたしらの名まで憶えていてくださっている……」

こうした評価が生まれるだろう。が、下からは見えないのだ。

――名案だ。南町に戻ったあかつきには、遠山さまへ。

三十郎は下野《げや》したことで、様々な思いつきを得られると北叟笑《ほくそえ》んでいた。

「ぼうっとしてちゃ、困るな。客が来たんだぜ、番台さんよ」

チャリンと銭を置き、胡麻塩頭の職人らしい男が入ってきた。

「ひぃふぅ、み…。八文《もん》ゆえ。入るがよい」

「あれっ。今日の番台は、侍か」

髷《まげ》を見れば、町人でないことが分かる。

「侍が番台にすわること法度《はっと》なりとは、聞いておらぬ」

「な、なんだなぁ。調子が狂うぜ」

「おまえの調子など、天下のご政道には関わりなかろう」

白洲の上に立つ奉行のように、三十郎は睨《ね》めつけた。

職人の棟梁《とうりよう》は目を剝《む》くと、声を上げた。

「旦那ぁ、亀の湯の人ぉっ。来てくれよぉ」

声を聞いてあらわれたのは、吉兵衛である。

「おや。儀助《ぎすけ》親方、どうなさいました」

「どうもなにも、なんなんだよ番台に侍《さむれ》ぇてぇのは」

「気づかれましたか、うちの番頭に」

「番頭って、この人が」

「ええさようです。置引きまがいが横行してますので、雇いました」

「雇ったの？　嬉しくねえなぁ、ゆっくりと入ってられねえじゃないの」

親方と呼ばれた男が怪訝《けげん》そうに見上げてくるのを、三十郎は鼻先であしらった。

「身を洗い清めるのが湯屋である。ゆっくりしていては、仕事に支障をきたすであろう」

「ひと仕事終えたから、来たの」

「そのほうの生業《なりわい》は、なんである」

「摺師《すりし》だ」

「人のものを懐《ふところ》より失敬する科人《とがにん》、掏摸《すり》であると自ら名乗るとは、おかしな奴だな」

「んな訳あるかよ。摺師たぁ、浮世絵版下《はんした》に色を付けて摺り上げる職人さまでい」

「やはりな、罪人である」

「なぜ」

「知っておるぞ。そなたらは春画と称し、いかがわしき枕絵を売り捌《さば》いておるであろう」

「あんな物、どこの家にだってあらぁ。なぁ、亀の湯」

「さ、さぁそうした物など……」

「とぼけちゃいけねえよ、吉兵衛の旦那さん。つい先だって、国貞《くにさだ》の際どいやつを十枚、おれから買ったばかりじゃねえか」

「役者絵だった気がしたがね、まだ見てないから」

吉兵衛が空惚《そらとぼ》けるのを気にも掛けず、儀助は番台にぶらさがる恰好をした。

「いかがなもんでしょうね。湯屋の番頭さんにも五枚ばかり、摺りの良いやつを――」

「袖の下なら、断ろう」

「じゃぁ二十枚」

「………」

呆《あき》れ顔をする三十郎に、吉兵衛が眉を寄せて囁《ささや》いてきた。

「紅さまは影目付、些細《ささい》なことで目くじらなど立てては、遠山さまの深いお心ざしを無になさるのではございませんかね」

「然《しか》り」

三十郎は大きくうなずくと、八文の銭を番台の抽出《ひきだし》に納めた。

南町奉行所に勤めていたとき、江戸の町人の様々な暮らしを古参同心に教えられた。

湯屋は昔、男と女が分け隔てなく一つの湯に入っていた。あるとき公序良俗によろしくないと、最初は入口と脱衣場だけ別にした。それでも湯殿でいかがわしいことがあったりして、今では仕切りを設けて別々になった湯屋が江戸に増えたのである。

「が、川向こうの本所あたりには、いまだに湯舟が同じところも少なくない。建て替えるには銭《かね》もだが、敷地の狭いことも理由で、公儀としては大目に見ているのだ」

なるほど亀の湯は、しっかりと別々になっていた。

とはいうものの、番台は高いところにあっても、石榴口《ざくろぐち》という天井から下がる板壁があるため、湯殿の奥まで見通せなかった。

「よろしゅうございますか、三十郎さん。ときおり番台を下りて、奥のほうも見廻ってくださいよ」

吉兵衛は知らぬ内に三十郎さまを、さんと言い換えていた。

これも仕方ないと、呑み込んだ三十郎である。しかし、女湯だけは入りづらかった。

八《や》ツ刻《どき》をすぎ、夕暮れ前になると年ごろの女たちがやってくる。

商家の娘が母親と来たと思ったすぐあとに、色っぽい年増《としま》芸者が若いのを連れて大挙してあらわれると、それとなく流し目を三十郎に向けてきた。

三十郎は強面を返すのだが、姐《ねえ》さん格の女がさらなる媚《こび》を売ってきたのにはおどろかされた。

ドギマギしたのではなく、番台の銭箱が狙われていると思ったからにほかならない。

――女盗賊の、一味か。

仕方ないと、三十郎は銭箱としている抽出ごと抱えて、石榴口をくぐった。

一歩踏みだすごとに、ジャラジャラと音がする。

「だぁれ、おかしな音をさせてるのは」

「お姐さん。新参の番頭さんよ」

笑われたが、怯《ひる》むことはなかった。立ったまま見下ろす女たちの肌は、湯を玉のようにはじいていた。

朝方ギャァつく騒いだ商家の大年増たちとは、まったく異なる景色である。が、三十郎の男が勃《た》つことはなかった。

そこへ若い母親が赤ん坊と入ってきたのは微笑《ほほえ》ましく、知らず口元をほころばせた三十郎である。

そのとき目の前に、一人の女が立ちはだかった。

「番頭さん、三助《さんすけ》をしてくれるのかしら」

「さんすけとは、なんである」

「按摩《あんま》の真似ごと。体を揉んでほしいんだってば」

「わたしが、そなたの――」

「そう。おねがいね」

女は腰を下ろしながら、三十郎の手を自分の肩にのせた。

奉行所与力ともあろう者が、芸者ごときに奉仕しろとは無体にすぎよう。断わろうとした三十郎だが、女の肩にあった手は知らぬうち丸い弾みそうな乳房の上にのせられていた。

「あ、あっ」

思わず声が口から出たとたん、耳のあたりが熱くなっただけでなく、体じゅうに血が駈け巡り、膝から力が抜けていきそうになった。

「やだぁ。お姐さんったら、もう次の旦那をつかんでるぅ」

妹分の若い芸者が、揶揄《からか》ってきた。

「たしかにわたしは旦那ではあったが、昨日までのことと決めておる」

与力の旦那と呼ばれていた三十郎は、芸者の言う旦那というのが分からなかった。

「じゃ、今日からまた旦那にお戻りなさいましよ。うちのお姐さん、凄いんだから」

凄いがなにかも、三十郎は分からない。が、引かれるまま糠袋《ぬかぶくろ》を手に、女の肌を磨きはじめた。

すべるような白い肌、ほどよい糠の脂《あぶら》が肌を光らせてゆく。肩から背へ、そして乳の下や腋に糠袋を走らせたとき、袋が破れてしまった。

「す、済まぬ」

「いいのよ。手を使って」

動悸が波を打ちはじめると、訳が分からなくなってきた。耳鳴りがして、口の中まで乾いた。

江戸へ来て、三十郎は女房とご無沙汰をしている。

バコッ。

湯桶の音がした。年増芸者の頭を、誰かが叩いたようである。横に立っていたのは吉兵衛の女房だった。

「まったく浅草の芸者ってぇのは、性質《たち》がよくないね。純朴な田舎者を、玩具《おもちゃ》にするなんて」

「玩具、わたしをか」

「番頭さんに言っときますけど、おまえさんの役目は番台と見廻り。三助は、別に雇ってます。それより入口に、お客がたまってるんだから行ってちょうだい」

「そうか」

遊ばれたのは分かったが、純朴な田舎者というのが引っかかった。江戸において、田舎者とは貧乏より格下の侮蔑ことばとなっているのだ。

番台に向かうべく、石榴口をくぐったつもりでいたが、頭をぶつけた。

大声で笑われたのはいうまでもなく、ぶつけた額の痛みを堪《こら》えながら番台に上がった。

石榴口を恨んだ。

温かい湯気を逃がさないためのもので、誰もが屈《かが》んで入ることから、鏡を磨く石榴の汁から名が付いた。

鏡に要ると、屈み入るとの駄洒落である。

「このわたしを、虚仮《こけ》にしおって……」

芸者にではなく、石榴口に向かっての投げことばだった。

二

暮五ツに、江戸の湯屋は店じまいとなる。

仕事先から遅れた職人は、あくる日の朝湯となってしまう。それゆえに混むものだった。

「よくもまぁ、汚ない尻《ケツ》を浸《ひた》せるものだ。湯舟が汚れるではないか。あぁした奴らは、終《しま》い湯を洗わせて帰すべきだな」

長い一日が終わった。

「いかがでしたか、三十郎さん。疲れたでしょう」

「銭箱はいっぱいとなったが、まだ帳尻《しん》あわせの勘定をしておらぬ」

「ようございますよ。おまえさんは信《しん》のおける方、多くても足りなくても結構。

どうですか、晩めしなど」

「有難い」

思わず口を突いたことばは、考えるまでもないことだった。昼めし抜きのまま、今になっていた。また紅梅《こうばい》長屋へ帰ったところで、夕めしの仕度をしてくれる者がいるとは思えない。

昨日とは打ってかわった今日なのであれば、なにごとであれ期待できない立場となっていた。

番台を下りる。一日の湯屋仕事であっても、埃《ほこり》をかぶらずに済むのが有難い。ほどよい湿り気が、三十郎の肌に潤いをもたらし、外の空《から》っ風に顔をしかめることもなかった。

吉兵衛は仕事初めですから、酒を出す料理屋へ参りましょうと嬉しいことを言う。

ここで腹など鳴らしては幕臣の沽券《こけん》にかかわると、力を込めた。

ブッ。

放屁《ほうひ》は間抜けを通り越し、無様《ぶざま》を見せた。

「結構でございますよ。お侍の一発は、天下泰平の証《あかし》です。湯屋で気にする者はおりません。どうぞ、もう一つ」

「お、おっ」

「どうなされました」

「いかん。中身が出そうになった」

「……。それだけは、湯屋でもご遠慮ねがいますですよ」

昼めし抜きでも出るものは出るのだ。

生まれてこの方、三度の食事にありつけなかった日のない三十郎だった。

「料理屋なれば、着替えねばならぬな」

三十郎は袴《はかま》を着けようと、番台に手を伸ばした。

「ないっ。拙者いや、わたしの袴、大事な十手、それに大小も盗られ……」

「盗られてはおりません。南町奉行所の高村さまと仰言《おつしや》る内《うち》与力さまが、当分あずかると先程いらっしゃいましたのです」

「内与力の、高村どのがなぜ」

「しばらく武家身分を離れ、町人に徹するためだそうです」

「大小は武士の、魂ぞ」

「魂の、気概のと、口先いいえ舌鋒《ぜつぽう》ばかり鋭くされましても、あたしら町人に鼻先であしらわれるのがオチ。まことのお侍は、心意気でございましょう」

吉兵衛は胸を叩いてみせた。

「しかし脇差ひとつ腰にないのは……」

帯に手をやる三十郎に、吉兵衛はニヤリと笑って耳元に囁《ささや》いてきた。

「番頭さん。あなたは本日より、紅金四郎《きんしろう》となったのではありませんか」

「わたしは金四郎ではないぞ。三十郎である」

「下野《げや》なされた遠山さまは金四郎と名乗って、長屋住まいをなされておりました」

「――。そうか、わたしは第二の金さんか」

「さようです。お奉行となられるまで、苦節十年。江戸で知らぬ者なしの正義漢、男伊達となられたのではございませんか。番頭さん」

「男伊達になるか……」

奉行所内では、遠山左衛門尉《さえもんのじょう》が市井《しせい》におりていたことを知らない者などいなかった。が、奉行本人に問いただしたことはないと聞いてもいた。

いわゆる公然の秘密なのだろうが、噂の桜吹雪の彫物《ほりもの》さえ見た者はいないとのことだった。

「吉兵衛どの。わたしも彫物を刺してみるかな」

「よろしいですね、明日にでも彫師のところへご案内いたしましょう。ただし、かなり痛《いと》うございますよ」

「男伊達である。痛いなどと、音《ね》を上げるわけには参らぬ」

「はい、承知いたしました。一つだけ、申し上げます。ことば尻に、参るとか参らぬを使わないほうが江戸っ子らしくなります」

「そうか、そうであった。となると、音を上げるわけには行かねえな、と申すか」

「…………」

　丸腰の三十郎の思いのほか達者な江戸弁に呆《あき》れながらも、吉兵衛は厄介きわまる新参の番頭が先行きどんな揉めごとをもたらすか、気になるような面白がるような、複雑な心もちで三十郎と外に出た。

　阿部川町唯一の裏長屋では、住人が額《ひたい》を寄せあっていた。

「ほんとに侍なのか、新しい大家《おおや》が」

「らしいや。明日、家主《いえぬし》の金右衛門《きんえもん》さんとこで顔合わせってことらしいが、女房たちの話じゃ田舎者だったとよ」

弥吉《やきち》と寅蔵《とらぞう》ともに一人前の職人とは言えないくせに、他人の批判はここぞとばかりに声を出す。

それればかりか弥吉には女房までいるのだから、世の中とは分からないものだ。割れ鍋に綴《と》じ蓋《ぶた》とは、まさにこれだろう。が、それなりの家に生まれた三十郎にも妻子がいるのであれば、不思議とは言えないのだ。

「田舎侍など、役に立つとは思えねえけどな」

「役に立つとか立たねえとかじゃなくて、家主としちゃ置いておかねえとならぬとか言われたんじゃねえかって、女房が」

「公儀《おかみ》のお達してぇなら、仕方ねえ。けど、前《せん》の杢兵衛《もくべえ》さんのように、耳が遠いのでこっちの言うことが分からなかったとの言い訳は通らなくなるぜ」

「ならば、田舎丸出しのことばがまるで分からなかったてぇのは、どうだ」

「女房が聞いた限り、ことばは聞き取れたってさ」

駕籠《かご》舁《かき》の助十《すけじゅう》が、首をふった。

「じゃぁ無礼者って、抜き身を突きつけてくるのかよ。腰の物は竹光《たけみつ》じゃなかったんだろ」

「おぅ、本身の大小らしいや。それだけじゃねえことには、奥の二軒をぶち抜いて住むそうだ」

「杢兵衛爺《じい》さんのあとと、空き家だった隣をつづきに――」

「こりゃ紅梅長屋がいよいよ、表長屋に様変わりってことか」

弥吉が目を剝《む》いたが、助十は首を横にした。

「大丈夫だよ。ここ阿部川町では、紅梅長屋がたった一つの火除《ひよ》け地《ち》じゃねえか。火事だ、それ類焼を防げと突っかい棒を蹴りゃ、空き地同然」

「あはは。そのとおりだ。いいねぇ、火除け長屋」

「笑うのは、まだ早い。聞けば田舎侍は、湯屋に奉公しはじめたって」

「薪割《まきわ》りだろうかな」

「おどろくな、番台だってよ」

「嘘。おれが代わりてぇ」

目の色を変えて立ち上がった寅蔵に、助十は手で制すと真顔になった。

「おれだって代わりたいところだが、石部金吉《いしべきんきち》だから番台に雇われたんだとよ」

「今どきいるのか、そんな奴」

「いたから、亀の湯は雇ったんだ。芸者が体を洗ってくれと頼んだら、逆上《のぼ》せて固まっちまったらしい」

「男なら上がってみてぇや、湯屋の番台」

弥吉が妬《や》っかみ半分の顔をすると、寅蔵は小膝を叩いて口を開いた。

「できる。おれたちの心がけ次第だ」

「寅蔵、どうやろうってんだ」

「こうしてあつまっているのも、侍大家の扱いをって話だ。ひとつ、みんなで下《した》手《て》に出ようじゃねえか」

「やだよ。浅葱《あさぎ》裏《うら》野郎に、ヘコヘコするの」

「番台に上がりてぇのだろ、弥吉。だったら奴《やっこ》さんを煽《おだ》てて、神棚に祀り上げる。今日は寒いのでお休みなさいまし、代わりにあたしらが働きます。いえ、給金はそちら様へ」

「いいね。一つ乗るぜ代役とやらに」

やろうやろうと、三人の思いは一つになった。

酔ったのは、久しぶりの三十郎だった。

晩酌は三日に一度、決まったようにしていたが、嬉しい話を肴《さかな》に飲むのであれば、こうして心地よく酔えるのだ。

――この紅三十郎は、いずれ筆頭与力。そこで功名を挙げれば、旗本となり町奉行も夢ではない……。

おのれを遠山左衛門尉になぞらえたことで、おのずと夢見がちな気分に浸ったのである。

料理屋で食べた鰯《いわし》の煮付は、生姜《しょうが》が利いて旨かった。まだ歯のあいだに生姜が挟まっていた。

――楊枝をもらってくるべきだったが、田舎侍と誹《そし》られるのもと言わなんだのは正しかったであろう。

三十郎は長屋口に来ると、歯をチュウチュウと挵《せせ》った。

「おっ、夜に鼠《ねずみ》が出るか」

長屋の住人が、厠《かわや》から出てきた。顔が合って、互いに相手を見た。

「ここの者であろうな、そなた」

「あれっ。お侍《さむれ》ぇみてぇだが、どちらさん？」

「本日より差配を致す者、大家である」

「あちゃぁ。本物が出やがったぜ」

「愚人《ぐにん》。大家に向かい雑言《ぞうごん》は、不届きなろう」

「分からねえよ、ぐにんとかぞぉごんとか」

「目に一丁字《いっていじ》もない輩《やから》を愚人、よろしくないことばを雑言と申す」

「よく分からねえけど、あなたさまが新しい大家さんですか」

「いかにも。して、そなたは貧乏住人というわけか」

「貧乏だけは、余計だい。助十と申す野郎でして、駕籠を担いでおります。以後、お見知りおきを」

「駕籠を担いでおると申すが、背にはなにもないぞ」

「用を足すのに、担ぎませんやね」

「そうしたものでもない。武士はいかなるときも、差料を離さぬものだ」

「差してませんぜ、脇差も。大家さん」

「いかん……」

腰になにもないことに気づいて、三十郎は今日から二代目遠山金四郎になるのだったと酔いから醒めた。

「ふぅ。昔の癖が出ちまったぜ。助十さんとやら、御免してくんない」

三十郎の奇妙なことばに、助十は吹き出しそうになり口を押えた。

「おやすみなさいまし、大家さん。明朝、家主さんとこで改めましてのご挨拶をいたします」

住人の駕籠昇は、長屋の一軒に入っていった。


「出たよ、侍大家が」

助十は独り者の寅蔵のところに上がり込むと、煎餅蒲団《せんべいぶとん》にくるまっている左官見習を揺り起こした。

「寒いじゃねえか。用があるなら、明日にしてくれ」

「明日じゃや、遅いんだ。噂の、浅葱侍が出て来た」

「あ、湯屋の番台の——。とうとう野郎、あらわれやがったか。で、番台を交代するってか」

「まだ聞いちゃいねえよ」

「肝心なのは、そっちだろうが。誰が大家であっても、やることは同じだ。店賃《たなちん》の取立てと、長屋をきれいに使え。おまえじゃねえか、番台の代役ができるって言ったの」

「すまねえ。厠を出たら、いきなりあらわれたもんだから、すっかり忘れてた。

そうだよな、そのための策を練らなきゃならねえ……」

寅蔵の蒲団に足を入れると、助十は横になって話をしはじめた。

三十郎は二間《ふたま》つづきのボロ長屋に帰ってきたが、座布団一枚なかったと、膝を抱えて体を丸めるしかなかった。

空腹は回避できたものの、寒さのほうは防げないでいた。あたり前ながら眠れるはずもなく、暗い中で目を冴えさせるばかりとなった。

灯《ひ》をつける燭台《しょくだい》どころか、行灯《あんどん》もない。油を買う必要もあれば、明日の朝めしにも事欠く始末なのだ。

――お若いころの遠山さまは、どうしたのであろう。

遠山金四郎は勘当同然に家出をして、長屋住まいをしたと聞いた。なにを生業《なりわい》にしたか、訊《き》きそびれたのは悔まれた。

が、着物の衿《えり》に縫いつけてある一分《いちぶ》銀《ぎん》は、まだ使わずに残っている。家主にこれを渡し必要な物を買い揃えるしかないと、指先に触れる銀貨の重みを思った。

秩父《ちちぶ》の在で代官手代をしていた時分、まったく銭に触れた憶えのない三十郎である。

禄高は低いながら、月々もたらされるものは総《すべ》て代官所の差配によって、米から青菜、根菜のほか蒟蒻《こんにゃく》にいたるまでが届き、土地の百姓女の手によって三度の膳がつくられていた。

また着る物は年に一度、お仕着《しき》せが来た。その中には、三十郎の下帯も妻女の腰の物まで含まれていたのであれば、銭など無用だった。

江戸八丁堀に来たとき、こと銭に関して大きく変わったのが妻女だった。

名をおりく。曽祖父《そうそふ》の代から田舎代官を務める家の娘で、三十郎とは似合いの夫婦と言われていた。

よく言うところの地味で垢抜《あかぬ》けない上に大人しい、武家妻の典型だったが、あるとき大人しいのだけは誤算と気づいた。

三都一の「大江戸」である。見るもの聞くもの、どれもが派手にして洒脱《しゃだつ》であったことで田舎女は狂ったのだ。

代官手代のときとちがい、銭そのもので俸禄が下されるばかりか、与力となった夫への付届けが妻女の手にもたらされたのである。

あるとき、華美な帯〆《おびしめ》を締めていた。

「初めて目に致すが、それは秩父の実家にあった物か」

「いいえ。ここ八丁堀出入りの商人より、買い求めました。月々の晦日《みそか》に、頒《わ》けて払えばよいそうです」

頭金とやらは払いましたと言うので、三十郎は妻女が袖の下を使ったらしいと知った。

「袖の下を使ったとなれば、賄賂《まいない》ぞ」

「お隣の奥様にうかがいましたが、お礼の代わりであり、咎《とが》められないのが与力だと仰言いましてよ」

「……………」

質実剛健を旨とする三十郎は、二度と貰うことはならぬと言いおいた。が、その日を境に夫婦に大きな溝が生じてしまった。

おりくは夫が桁外《けたはず》れの石部金吉であると気づき、三十郎は妻が世俗にまみれてしまう安っぽい軽薄女と知ったからである。

が、離縁にならないで済んだのは、江戸の町与力だからである。

考えるまでもなく、夫を放逐した理由がこれだった。

町方与力は、南北あわせて五十騎。百万余もいるとされる江戸の人々を、たった五十名で見守るのだ。

配下に同心が二百人ほどいるものの、その仕事量と威厳は相当なものだった。とすれば、妻女おりくは、三下《みくだ》り半を言い渡されても承知せず、奉行に訴え出ただろう。

というか、奉行の遠山に泣きついたのではと思われた。

「糞が付くほど真面目なのは、江戸の三男《さんおとこ》として笑われます。配下の同心みなさん方も、愚直すぎて困っておるのです。先日も……」

江戸へ上府してからの妻女は、口まで達者になっていた。そして、とうとうこう訴えたにちがいない――

「ここは一つ、江戸の水で洗い直すべく、町なかに放り込んでみてはいかがでしょう」

遠山本人へではなく、訴え出た先は左衛門尉の奥方にである。

女が強いのが、江戸だった。

――お奉行も弱いのだな……。

背を丸めながら、来し方を思い返した三十郎は、長屋の一軒から人が出てくるのを耳にした。

斜向《はすむ》かいの一軒を出てきた男が、三十郎の隣家に入ったのを見つけた。助十という駕籠昇である。

——たしか、おやすみと言って斜向かいに入ったはず。なのに、隣へ挨拶もなく入ったが……。

三十郎は分かったと小膝を叩いた。

江戸には女が足りないという。それに加えて、図に乗った強い女が多い。結果、男同士で睦《むつ》みあうしかないのだろうとの思いに至った。

三

翌朝、家主の金右衛門のところへ行くと、紅梅長屋の連中が雁首《がんくび》を揃えていた。

三十郎の顔を見たとたん、男たちが含み笑いとなった。女どもは、そんな表情をすることなく新しい大家を見上げた。

「こちらが紅三十郎さま。新しく紅梅長屋の差配をしてくださるお人だ。見てのとおり歴《れっき》としたお武家さまだが、理由《わけ》あってのことだから無用な詮索はいけませんよ。これからは、三十郎さんでいいそうだ」

開口一番、家主が釘《くぎ》を刺してくれたのは有難かった。が、いずれ出世をなさる方と仄《ほの》めかしてくれてもと、三十郎は少し不満だった。

「紅梅長屋に紅さんとは、洒落《しやれ》てますね」

裏長屋には少ない品のよい笑顔を見せたのは、四十半ばの男である。

「まずは大家さんへ、私から名乗りましょう。玉之介《たまのすけ》と申しまして、代書を生業《なりわい》としております」

「奉行所へ出す訴状を、代わりに書くのか」

「あはは。できぬことではありませんが、私の専《もつぱ》らといたすのは恋文。吉原《なか》の花魁《おいらん》から岡場所の女郎に至るまで、客との取りもち役です」

無筆も少なくないとなると、貰った恋文を代読する場合もあると付け足した。

そんな玉之介は見るからに、裏長屋には場ちがいと思えた。どこぞの商家の旦那ふうであり、着ている物に綻《ほころ》び一つなかった。

「玉之介さんが最初なら、次はあっしで。担ぎの貸本屋をしております彦太《ひこた》と申します」

二十歳を少し出た男で、三十郎にはニヤけた男に見えた。

「いかがわしい枕絵なんぞで、稼ぐか」

「へい。お察しのとおり、のはずだったんですが、当節はお素人衆《しろうとしゆう》が贈ったり贈られたり。摺《す》りの良いのは、あっしらのところまで廻ってきません」

調子のよすぎるところが、気にくわない。三十郎は眉に唾をつけたくなったほどである。

「つづきまして三軒目、左官見習の寅蔵と申しやす。きのうの晩、駕籠屋《かごや》の助十に新しい大家さんのこと聞きました。お侍だって」

「そうか。独り身を通しておろう」

「よくご存じで。女房のなり手がいません」

「女は嫌いか」

「いいえ。好きなほうですけど」

「まぁよい。内緒にしてやる」

「……。いやですねぇ、気味のわるい笑い方なんかして」

次は誰かと三十郎が見廻すと、中年夫婦が頭を下げてきた。実に暗い二人づれで、言うに言えない秘密がありそうだった。

家主の金右衛門が口を開いて、代わりに申しますと声をひそめた。

「幸次郎《こうじろう》さんとおやえさんのお二人は、上方《かみがた》から出てこられたばかり。言うところの、駈落ち者」

「そんな言い方は、ねえだろ家主さんよ。好いた者同士が、所帯をもったんだ。誰に遠慮のねえはずだぜ」

寅蔵が声を立てると、ほかの連中がうなずいた。

「分かってるよ。好いた同士が手に手を取ってとなれば、芝居なら道行《みちゆき》。江戸っ子なら、追っ手が来ても匿《かくま》ってやりたいと思うものです。三十郎さんも、そうねがいましょう」

金右衛門は二人が紅梅長屋へ来て、まだひと月ほどだと言い添えた。と同時に、今ひとり顔を伏せている若者が目についた。

「代書の玉之介さん、貸本の彦太、左官の寅蔵、駈落ちのお二人と向かい長屋つづいて、さてドン尻に控《ひけ》ぇしは、徳松《とくまつ》さんです」

彦太が代弁をした。

「は、はい。徳松と申す未熟者にございます」

色の白い華奢《きゃしゃ》な若造は、これまた理由ありのようだった。いわゆる商家の若旦那が勘当されたとしか思えない頼りなさを見せるのは、恥じているのに今に見ていろとの高慢《こうまん》ぶりが目に宿っていたからである。

十八か九であろうか、細面《ほそおもて》に撫で肩、働いたことのない手、喧嘩は弱いが銭を持っていれば負けないと知る太い奴らしい。

「以上が、三十郎さん宅の向かいに暮らす者たちです。つづいて、三十郎さんの隣から」

「ええ昨晩、お目に掛かりました駕籠舁《かき》の助十です」

「向かいの寅蔵とは、御酒徳利《おみきどつくり》であったな」

「御酒の徳利《とくり》てぇますのは」

「二人揃って一組、同じような仲にあるということだ」

三十郎が目を寅蔵にそれとなく送ってみると、助十は怪訝《けげん》な顔をした。

──衆道《しゆどう》め。どっちが女役か知らんが、おれの長屋の風紀を乱すでないぞ……。

もう、おれの長屋と思った三十郎である。

しかし、想い描いていた裏長屋とは大いにちがった。

品がなく貧乏で汚ならしい住人がいないばかりか、耳にしていた能天気な明るさが見受けられないのだ。

「ここ阿部川町へやってきた当初、豆腐売りがお代を払わない長屋と言っていたが、家主に訊《たず》ねる。店賃《たなちん》同様、月々の払いは滞《とどこお》っておらぬとしてよいか」

「さようでございます。ご町内の表長屋と同じく、質屋通いはいたしましても、銭《かね》で迷惑をかける者はおりませんです」

「担ぎの豆腐屋が払いをせぬと申しておったのは、いつわりか」

「あいつだっ、豆絞《まめしぼ》りの鉢巻した野郎でしょ」

彦太が膝を乗り出し、片頬で苦笑しながら言い募った。

「阿部川町じゃ、豆腐屋といえばどこもお寺さん仕込みの旨い店と決まってます。他所《よそ》から来た豆腐売りから買う者は、まずいません。鉢巻野郎、商売にならねえもんだから悪口を言って帰ったんでさぁ」

いくつもの寺に囲まれた町である。寺院の豆腐といえば、精魂込めた逸品が多い。必然、味の良いものを知るようになった近隣の町人は、寺を離れた坊主に店をもたせた。

「左様であったか」

「でも大家さん、おれたち三人は蓄《たくわ》えなんぞありませんからね」

助十が、寅蔵ともう一人の男を指して笑った。

「へい。その一人、助十の隣にとぐろを巻いておりますす弥吉と申しやす。生業《なりわい》は大工、の手伝い」

二十をいくつか過ぎたヒョロリとした長身で、笑窪《えくぼ》と皺《しわ》の見分けがつかない男だが、人は好さそうである。

「三名とも、独り身か」

「ちがいます。大工の弥吉と、駕籠舁の助十は女房もち。紅梅長屋で独り者は、貸本屋の彦太とおれ、それと徳さん。代書の玉之介さんは、理由あってかみさんと別れられないそうです――」

「寅蔵。余計なことは、言いなさんな」

立派な鼻をもつ玉之介が、首の後ろに手をやって笑っていた顔をしかめた。

「ここには、女房らが見えないが」

女は駈落ちの片割れおやえと、家主の女房おたねしか見えなかった。

「一緒に来ますとね、うるせぇのなんの。亭主を差し置いて、あることないこと限りなくしゃべりはじめます。あとで井戸端を通れば、袖を引かれて足止めを食らいますぜ」

助十が立ち上がりながら言い置いたのは、駕籠の相方が呼びに来たからである。

「それじゃ、あっしはこれで」

折り畳んだ籠を担いで来た男と助十が出て行くと、寅蔵と弥吉も仕事に出ると言って立ち上がった。

「貸本屋さんと代書屋さんは、午《ひる》ちかくまで出なさらない。あたしなんぞ、出てゆくのは暮六ツちかくです」

もう一人いた。隅にうずくまっていたのだが、小柄な坊主頭は按摩《あんま》だった。

「粂市《くめのいち》と申しまして、見てのとおり按摩療治をいたしております。女房は、おりません」

一方の耳を三十郎のほうに向け、味噌っ歯を見せた男は四十なのか五十なのか分からない。痩せて小柄なものの、骨太な指だけが際立って見えた。

「出て行った三人とちがい、粂市さんは長屋一のお大尽ですぜ」

「これこれ、彦さん。要らざることを――」

「高利貸こそしていませんが、床下の甕《かめ》の中には小判がザクザク。粂市さん、夜分の見廻りはしっかりねがいましょうね」

どこまで本当か分からないが、ヒョロバッタリの裏長屋に住んでいるのなら、吝嗇屋《しまりや》にちがいないと見た。

盲《めしい》には当道座《とうどうざ》といって、銭で官位を買える制度があった。ただし、差し出すのは半端な額ではない。粂市は買える日まで、せっせと蓄えているにちがいないのだ。

「では、これにてお目通りが済みました。女房たちのことも含め、おいおいおわかりになるはずです。まずは、馴れていただくところから」

家主の金右衛門のことばで、顔寄せはお開きとなった。

湯屋は明るい内しか開かないのが、江戸では決まりとなっている。広い中で灯《あか》りを点《とも》すのが非効率なのと、寒い冬など家に帰り着くまでに体が冷えてしまうからだった。

天井は高く明かり取りの窓はあるが、湯気も含め、なにごとも薄っすらとしか見えない。おっつけ、着物をまちがえる輩《やから》も多いようだ。

三十郎は目を皿にし、客が脱いだ着物をまちがえさせないよう心した。

意外なことに、これが疲れる。根が真面目ゆえ、一人ひとりを正確に捉えだすと他のことに頭がまわらなくなった。

「番台さんよ、おれの下駄が片方ねえんだ。犬が咥《くわ》えてったんじゃねえのか」

「済まぬ。今はそれどころではない。これっ、そこの年寄り。おまえの着て参った物は、端より二番目だ」

「どうでもいいだろうがよ、年寄りがなにを着て帰ろうと」

下駄の見つからない男は、下から声を上げた。

「丈《たけ》がちがうゆえ、そうは参らぬ。着て行かれた者が困るではないか」

「こっちは、片足ケンケンで帰れって言うのかよ」

「なれば、そこの隅にある下駄を履いて帰れ。まだ新しそうだ」

「おまえさんのかよ」

「そうではない」

「じゃ、この下駄の持ち主はどうなる」

「他の良さげな物を履かせる」

「最後の奴は、どうするつもりだ」

「わたしの下駄を、履かせてあげよう」

「下駄ガチャすんのか、亀の湯」

「町人みな、相身《あいみ》互いでよいではないか。明日また、その下駄を履いて参ればよい。いずれ自身の下駄と出合うだろう」

「……………」

瑣末《さまつ》な履物《はきもの》ごときのこと、大袈裟《おおげさ》に騒ぐことはないのだ。三十郎は脱衣場に目を戻した。

男に比べ、女はまことに手間取って見えた。一枚ずつ丁寧に脱ぎ、きちんと畳む。そればかりか動作を移すたびに、周囲を気遣った。

――誰もおまえなど、見てはくれぬというのに。

三十郎はそう言いたかったが、多くの女が似たような仕種《しぐさ》をして脱ぐのであれば、互いに目を凝らしあっていることになる。

「ははぁ、どっちがいい女かを比べあっているのか。目糞が鼻糞を笑うとは、これだ」

高見の番台にすわる奉公人には、町人女の浅はかさばかりが目についた。

女湯に一人、江戸ふうと少し異なる娘が入ってきた。八文《もん》の銭も音をさせず番台に置き、伏目がちに奥へ向かった。

少しばかり垢抜《あかぬ》けない娘だが、江戸の町人独特の強い女を見せないのが好もしい。

娘十八は番茶も出花というが、大人しそうなのは在所から出てきたばかりの女中のようで、三十郎は江戸に染まるなよと声を掛けたくなったほどである。

初々《ういうい》しいだけでなく、よく見ると目元のすっきりとした丸ぽちゃ美人だった。

「三十郎さん。はい、八文」

名を呼ばれたことで女を覗き見るのを咎《とが》められるのかと思ったが、長屋の代書屋玉之介である。

「いらっしゃい。どうぞ、ごゆっくり」

「早くも湯屋の番頭さんが、板につきましたね」

笑い掛けてくる玉之介のことばつきから銭を置く仕種まで、どう考えても商家の主人にしか見えなかった。

与力であれば正体を明かせと、迫りたいほど裏長屋に不釣り合いな中年男である。

まず着物が洒落ていた。野暮《やぼ》な三十郎が見ても分かる結城の紬《つむぎ》に、博多献上の帯。当節流行《はや》りの四枚鞐《こはぜ》の白足袋《しろたび》は、役者と言ってもいいだろう。

——ここは一つ、影目付としての御役《おやく》を発揮するとき。

と、目を凝らしたが、裸になった玉之介が奇妙な真似をすることはなかった。

それでも奉行の遠山が三十郎を送り込んだ紅梅長屋は、幕府転覆を謀《はか》る一味の隠れ家なのだと思えたことで俄然《がぜん》、力が漲《みなぎ》ってきた。

代書を生業として、まだ半月とたっていない玉之介である。

その前は、知る人ぞ知る人形町の料理屋浜惣《はまそう》の大番頭《おおばんとう》だった。女房も子もあり、世間からは羨《うらや》ましがられてもいた。

「江戸で五本の指に入る浜惣の、押しも押されもしない玉之介さんは、板《いた》前さんまでがピリピリするほど舌が肥えてるんだって」

「おかみさんは八王子の絹問屋の娘で、いずれ実家が新しい料理屋を出してくれるそうよ」

順風満帆の噂が、玉之介にはあてはまった。自身もそれをよしとして、暮らしてきた気がする。

おしほが目の前にあらわれるまでは、と言うしかなかった。

半月ばかり前の晩である――

四

店を閉める刻限となり、座敷から板場までを玉之介は見廻っていた。こうしたことを、女中まかせにできる男ではなかった。

勝手口の外に、人影を見た。

ときおりあらわれる物乞《ものご》いが、余り物を求めるのだ。が、名のある料理屋はそれに応えない。裏口に浮浪者が群れては、商売の格に差し障るのだ。

追い返さねばと、戸を開けた。そこに小娘がふるえていたのを、今も鮮明に憶えている。

汚ない姿《なり》ではないのだが、言伝《ことづて》を持ってきた女ではないようだった。

「おまえさん、女中に雇ってほしいのかい」

「えっ。あ、はい……」

女中にしてほしいと来たのではないことは、目つきで知れた。とすれば、戸口に立っていたのは、余り物を恵んでほしかったことになる。

玉之介は躊躇《ちゅうちょ》した。というのも、娘の目が澄みきっていたからだった。

「番頭さん、お知りあいですか」

板前に声を掛けられ、玉之介は思わず嘘をついた。

「うむ。女房の実家が送ってよこした娘で、迷子になったらしい」

「八王子からなら、誰だって分からなくなりますぜ。娘さん、寒いでしょう。中へお入りなさい」

火の残る板場で、まかない飯を食べさせられた。が、ガツガツすることなく、娘は箸を取っていた。

見るからに、おぼこである。よほど空腹だったらしいが、卑《いや》しい物乞いの真似まではできないようだった。

ひと息つけたのか、頰に赤味がさしてきた。

店の中では明かりを落としはじめ、通いの者たちは帰り仕度をしている。

「じゃ、番頭さん。あとはよろしくねがいます」

板前たちが出てゆくのを、娘は不安に見送った。上げようのない腰は、下ろしどころを探しているのだろう。

「おまえさんの、名を聞かせてほしいね」

「しほって、申しますだ」

「生まれはどこか」

「下総《しもうさ》我孫子《あびこ》宿《じゆく》の在」

消え入りそうな声だが、嘘とは思えなかった。

「今夜おまえさんの寝るところは、ないようだが……」

玉之介のひと言は、娘をうなずかせた。

気まずい中、おしほは無言のまま目を合わそうともしなかった。

「家出したのか」

「うんにゃ。奉公に出されただ」

「奉公先で嫌な目に遭ったか」

そうではないと、首をふって見せた。

沈黙がつづいたのは、言うに言われぬ理由《わけ》があるのだろう。唇をかんだことで、それが知れてきた。

「もう今夜は遅い。旅籠《はたご》なら顔が利くところがある」

「……、でも」

「銭《かね》の心配ならいらない。さぁ、出よう」

小娘はおずおずと、玉之介の二歩あとを従《つ》いてきた。

よく知る旅籠に、おしほを送り込んだが、すぐに飛び出して玉之介に縋《すが》りついてきた。

「なにか、あったのか」

「怖い」

冷たい手、ふるえる体と泣きそうな顔を見て、玉之介は旅籠に戻った。海千山千とは言わないが、料理屋の大番頭ともなれば人を見る目が備わっていた。

おしほに下心ひとつ見えてこない上に、自分の娘ほどの年だったことが、男親の心もちを芽生えさせたのである。

部屋に入り、今日一日の経緯《いきさつ》を訊《たず》ねた。

どうやら奉公に出された先は根津の岡場所で、女中として働く約束だったのだが、おしほが上玉に見えてきたらしく、女郎屋主人の目つきが変わったという。

世間どころか男を知らないおぼこ娘にも、女郎屋は地獄の一丁目にしか思えなかった。逃げるようにして出たまま、江戸中を彷徨《さまよ》い歩いた末に、玉之介と出逢ったのだった。

「二、三日ここにいるといい。江戸には仕事先など幾つもある。請人《うけにん》には、あたしがなろう。それとも、我孫子の在に戻りたいか」

「…………」

口減らしで出された家に、戻れるはずがないのは玉之介にも分かった。

気づけば市中の木戸口が閉まる刻をすぎ、玉之介は帰れなくなっていた。畳の縁《へり》を境に、別々に寝た。

あくる日、玉之介は確かな奉公先をと、市中を歩きまわった。

部屋は一つでも、手すら握らずにひと晩を明かしている。それがおかしなほど、玉之介を純な気持ちにさせていた。

三軒も雇ってくれるところが見つかったのは、浜惣の大番頭としての顔だった。

浜惣に灯《あか》りが点《とも》る前、玉之介は小娘のいる旅籠へ出向いた。

旅籠では内湯に入ったとかで、おしほは剝《む》きたての茹で卵のような艶《つや》のある肌を見せた。

男のものが頭をもたげてきたのは、言うまでもなかった。というのも権高《けんだか》な女房とは十年もご無沙汰だったから、とは屁理屈でしかないが、色恋に理屈など意味はなかろう。

玉之介が初めて好いた女が、おしほだった。

年の差は二十七、世間の尺度で測るなら罪。もちろん男のほうにだ。

それでも小娘はもう、立派な女を見せていた。玉之介は躊躇することなく、おしほの肩に手を置き引き寄せた。

なにが始まろうとしているのかを知る十八になる未通女《おとめ》は、目を閉じ身を固くして待っていた。

息を荒くしそうになった玉之介は、それを隠すように唇を重ねて口を吸った。ふたりは畳の上に倒れ込むと、どちらからともなく離れまいと抱きあい、互いの鼓動を聞きあったのは憶えている。

格式ある料理屋の番頭ともなれば、上は吉原の花魁《おいらん》から下は宿場の飯盛女《めしもりおんな》まで、馴染客と連れだって遊んだことは数知れない。芸者と深い仲になったことも、二度あった玉之介である。

女遊びに素人《しろうと》ではない玉之介であれば、難なく娘の帯を解き、探るまでもなく襦袢《じゆばん》一枚にした。

高価な茶道具を扱うように、怖がらせることなく裸に剝くと、片手で押入れから夜具を引っぱり出し、おしほをその上に置いたところまではまちがいなかった。

が、男そのものが、勃《た》たないことに気づいた。

一つとして傷のない生娘《きむすめ》を前に、玉之介の体は言うことを聞かなかったのである。

罪悪感はない。怖い女房に、知られても構わないとも思った。

世間から後ろ指をさされることなど、気にも止めない男なのにもかかわらず、肝心のいちもつが屹立《きつりつ》しないままだった。

老いたというほどの年ではない上、体に具合のわるいところはない。

こんなことは初めてだった。なんの支障もないのに、できないでいた。天狗とか山姥《やまんば》といったこの世ならざる鬼に、意地わるをされているような気にさせられた。

焦ると、ますます駄目になった。

「おまえさんを、傷ものにするつもりはないよ」

玉之介は間抜けなことばを吐いたが、おしほは首を横にして、口を開いた。

「なにをなさっても、いいんです」

「疲れたろう。生き馬の目を抜く江戸は、くたびれるところなのだ」

「旦那さんこそ、あたしなんかのために足を棒にしてくださったのですもの」

おしほは殊勝《しゅしょう》なことばを吐いて起き上がると、玉之介の脚や腰を揉みはじめた。

翌日、人形町の湯屋で手足を伸ばしながら、玉之介はおのれの倅《せがれ》を睨んだ。

「役立たずめ、馬鹿野郎……。今夜こそ、手柄を立てろ」

思わず声を上げると、湯気の中から返事があった。

「どうなさいました。浜惣の番頭さんともあろうお人が、湯舟の中で女中だか板前への愚痴を吐きますか」

ふり向くと、浜惣出入りの青物問屋の主人がいた。

「いやなに、つまらないことを聞かれてしまったようですな」

笑って誤魔化すつもりだったが、笑顔にはならなかった。

お先にと言った玉之介は、湯屋を出た。いつもならまっすぐ浜惣に行き、板場から座敷や帳場を見て廻って客を迎えるのだが、足は小娘のいる旅籠へと向かっていた。

魔がさしたわけではなく、男でも綺麗な体でと思ったからである。

――どうせ今日は、大した客じゃないのだ。遅くなっても構うまい……。

娘は今日も、待っていてくれた。

「お料理屋さんのほうは、よろしいのですか」

「大番頭は、客が来てからが仕事だよ。それより、もう江戸ことばが口を突くか」

「恥ずかしい……。揶揄《からか》うんですか、田舎者を」

「揶揄ってなどいない。おまえさんは磨けば玉になる女だ」

「うそ」

「嘘なものか。江戸の水が、性《しょう》に合っているようだ」

世辞でなく言ったことばに、おしほは目を輝かせた。その背ごしに、もう床がとってあるのを見て、玉之介は武者ぶるいした。

が、二晩つづいて、駄目だった。

「田舎者だから、あたし」

「そうじゃないよ。おまえさんはいい女だ」

「おしほって、呼んでください」

「いいのか」

抱きしめたとたん、玉之介は知らず涙があふれてきた。

――騙されたとしても、いい。おれの女に。

声を限りに、なにかを叫びたくなった。

生きている証《あかし》が今、玉之介の身内にはっきりと宿ったのである。

きつく抱き寄せると、囁《ささや》いた。

「所帯を、持とう。わたしと」

「おしほと、所帯をもつと決めた」

「え？」

玉之介は二十年以上も連れそった女房がいて、離縁を切りだしたら浜惣の番頭を辞めざるを得ないかもしれないと切り出してみた。

そして、おしほの顔を見つめた。

生娘は案の定、戸惑った。そんな大それたことをすれば天罰が下りますと、目が怖がっていた。

「わたしの子どもたちは、もう大人だ。女房とは、昔から仲がわるい。それと世間体を慮《おもんばか》って料理屋を出たとしても、馴染み客は大勢いる上、板前も随《つ》いてくる。心配は無用だ」

嘘ではなかった。浜惣は、玉之介で保《も》っていたのである。かなり前から暖簾分《のれんわ》けをと、親身に言ってくれる客は幾らもいた。

「でも、あたしには――」

「下総の在から出てきて、寺請証文《てらうけしょうもん》もないと言うのだろう。江戸には、そうした者が山ほどいる。大丈夫だよ」

人は増え、江戸には毎年万を超す男女が働きにやってきた。親戚を頼ってくる者から家出してきた者まで、証文や請人のない連中が大勢いた。

雇うほうもまた、いちいち証文を確かめるのを嫌った。というのも、下男や女中はすぐにいなくなってしまう者が少なくなかったからである。

その代わりに信を得たり、確かな請人が出てくると改めて寺請証文が出された。

泰平三百年は、人別帳にも小さな変化をもたらせたのだった。

半信半疑の目だったが、おしほは岡場所に暮らすことよりずっといいと、玉之介に身を預けると決めたらしく両手をついた。

「どこの馬の骨かも分かんねえあたしだけんど、どうか女中として使ってくだせえ」

女中でなく女房だよと言いながら、玉之介は抱き締めた。

——新しい人生の、はじまりだ……。

が、世の中とは、思いどおりにならないものである。暗くなり、玉之介が浜惣へ出向くと騒動となっていた。

「おぉ、番頭さんが来た」

手代の一人が、玉之介があらわれたと奥へ走った。居あわせた女中や板前たちが、上目づかいで遠まきに眺めてきた。尋常ではなかった。

いつもの挨拶ひとつなく、玉之介を汚ないものでも見るような目である。

玉之介は主《あるじ》のもとへ足を進めたが、廊下の中ほどで手代に止められた。

「番頭さんは、こちらへ」

押し込まれるように玉之介が入ったところは、泥酔した客を介抱する四畳半で、窓のない物置だった。

主人の惣左衛門《そうざえもん》が怖い顔でやってきて、唐紙を閉めた。

「どの面《つら》さげて来たか、玉之介」

「……、分かりかねます。旦那は、なにを仰言《おっしゃ》りたいので」

「そうか。おまえさんがそう出るのなら、こっちも単刀直入に言おうじゃないか。一昨日の晩、昨日の晩と、どこに泊まっていたんだね」

「えっ。まぁ、ちょいとレコと」

小指を立てて、大番頭はもう一方の手を首の後ろにもっていった。

「浜惣の玉之介なら、女を囲って不思議もないが、帳場に大穴をあけてズラかるとは行きすぎじゃありませんかね」

「帳場に穴。いったいなんのことで――」

まさに寝耳に水の話をされ、玉之介は膝を乗り出した。

「月の晦日《みそか》は、魚や青物の問屋への支払い日だ。いつもどおり帳場の抽出《ひきだし》に百両、封を切らずに入れておきました。それが失《う》せていた。あたしは大番頭のおまえが払いを済ませ、残り分を懐《ふところ》に納めたとばかり思っていました。今朝になって、青物問屋の旦那がいらして先月の払いをと言われましたよ」

晦日の払いをすっかり忘れていた玉之介は、迂闊《うかつ》だったと悔んだ。が、百両には手も触れていない。

が、それればかりではなかった。青物問屋の主人は、湯屋で玉之介が「今夜の手柄」と言ったのを耳にしたと惣左衛門に言ったというのだ。

「言い訳ではございませんが、百両それも封をしたまま盗んだ憶えなど、わたくしには――」

「黙らっしゃい。帳場の抽出を開けられるのは、あたしとおまえさんだけ。帳場ごと持って行かれるならともかく、抽出もそのままです」

どうしてくれると、惣左衛門は顔を真っ赤に言い募った。

「申しわけございません。見張りを怠ったのは、わたくしの所為《せい》でございます」

「あたり前だ。百両を返せとも、番屋へ突き出すとも言わないよ。ここは浜惣です。百両ばかりで、屋台骨は揺るぎません。ただし、世間体がある。縄付きを出しては、笑われますからね。百両は今日までの、ご苦労賃」

出て行け。二度と敷居を跨がせないと、惣左衛門は腕組みをして口をつぐんでしまった。

二十五年の奉公が、一瞬にして無に帰した。それと同時に、浜惣という冠が玉之介から失せた。昨日までの信用も、泡となったのである。

浜惣を出た玉之介は、おしほの奉公を約束してくれたところに出向いたが、先まわりされどこも店先で断わられた。

また女房のいる家にも、戻れないのは分かっていた。なにかにつけ浜惣に出入りしている女房であれば、百両の一件を知らないはずもなかろう。

帰ったところで、どこに泊まったに始まり、百両もなにに使ったかと騒ぐに決まっていた。

もちろん玉之介は謝まるつもりもないし、おしほとの仲を壊すことなど考えられなかった。

が、行きどころに窮した。手元にある財布の銭も、一両を切っていたのである。

紅梅長屋を見つけ、遊女相手の代書を始めたのは、その日の内だった。しかし、おしほと一緒に暮らすまでにはまだ至ってない。

おしほは安旅籠にいて、いまだ仕事が見付けられないまま三日に一度、こうして亀の湯の壁ごしに湯に入るのをつづけている。

——娘と言って、長屋に連れ込むか……。

玉之介は女にしていなかった、おしほの雪のような肌を思いおこした。

出るとの合図の咳払いを大きくすると、温まった体を拭きながら出て、いちもつを見おろすのは毎度のことだった。

今夜こそは、である。

三　お役者三十郎《さんじゆうろう》

一

町人になるつもりなど、三十郎にはまったくなかった。しかし、奉行所与力の座からは外されている。

芝居の書割《かきわ》り同然の勾配した裏長屋の大家《おおや》であり、阿部川町《あべかわちよう》亀の湯の番台を生業《なりわい》にする奉公人の今なのだ。

三日目となる今日、どうしても耐えられなくなったのが、伸びてきた月代《さかやき》である。

湯屋に出向いた三十郎は、主人の吉兵衛《きちべえ》に開口一番、

「いかんのだ。どうにか、ならんものか」

髪に手をあて、言い募ってみた。

「あのね、三十郎さん。番台にお侍がいるのは、いい。でも、月代を剃った役人もどきは居てほしくありませんな」

「役人、もどきとはなんだ」

「そうじゃありませんか。元役人、かつての与力いま番台」

「………」

言い返せることばの出るはずもなく、悄気《しょげ》た。

「じきに伸びますと、それなりに様を見せますですよ」

「浪人の風体《ふうてい》であろうが、この姿は」

「沽券《こけん》にかかわる。おれは禄を食《は》んでいる幕臣だぞ。世が世なれば、とすかね」

「そのとおり」

「分かってるんじゃありませんか？　紅《くれない》、金四郎《きんしろう》さまでしょうに」

吉兵衛が声を落として言った金四郎とは、若かりしころの遠山左衛門尉《さえもんのじょう》であり、世をしのんで長屋暮らしをした雌伏《しふく》時代を意味する。

「金四郎どのは、いかなる髪にしておったのだろうな」

「町人髷《まげ》だったかどうか、聞いてみましょうかね」

「そうか。三十年も昔になるだろうが、結《ゆ》った者は生きておるはず。拙者いや、わたしも同じに結ってみたい」

「えっ？」

安請けあいをした吉兵衛だが、たちまち困った。

奉行の遠山が本当に町なかにいたのかどうかは噂、それも尾鰭《おひれ》のついた与太話《よたばなし》に近かったのである。

が、ここは是が非でも三十郎に、その気になってもらいたいのは、奉公人として扱いやすくなるからだ。

「いかがした、吉兵衛。まさか遠山さまの町人譚《たん》は、嘘だったと言うのではあるまいな」

「大丈夫ですよ、行ってきましょう。髪結のところ」

下駄をつっかけ、吉兵衛は外に出ようとした。

「おい、他人《ひと》の履物《はきもの》ではないだろうな」

「酒落《しゃれ》にもなりませんね。新参の番頭さんが来た日に、あたしの下駄はなぜか失せました。これは仕方なく買った物です」

「阿部川町の野良犬も、性質《たち》がわるいな……」

ああ言えばこう言う。これができる三十郎なら、あながち田舎出の浅葱裏《あさぎうら》ではないかもと、湯屋の主人は少し安堵した。

行き先は決めた。猿若町《さるわかちょう》の芝居小屋で、髷を作る床山《とこやま》の親方のところと。

どんな髪も結える上、創り話はお手のもの。とくれば、遠山金四郎さまの髪はあたしがと、嘘をついてくれるのが裏方として働く者なのである。


代書屋といっても、店を構えているわけではない。廓《くるわ》や岡場所の女から、そこに来る客までの御用を賜《たまわ》る一本釣りの仕事だった。

あたり前のことだが、実入りのよいはずもなく、蕎麦《そば》一杯か二杯の手間賃である。というのも、文字を書けない者は裕福ではないからだ。

「浜惣《はまそう》の大番頭《おおばんとう》だった男が、岡場所で客引きをしてたぜ」

「玉之介《たまのすけ》がかい……。落ちぶれたくはねえもんだなぁ」

そう言われるのが嫌で、路地にひそみながら代書の御用を聞いていた。が、安旅籠《やすはたご》とはいえ、おしほを置きっ放しにしているだけでも、銭《かね》は出てゆくばかりで稼ぎは少ない。

――ふたりして、紅梅《こうばい》長屋で暮らすか。

善は急げと、玉之介は客があらわれたにもかかわらず真っ直ぐに、おしほのところへ向かった。

旅籠に顔を出すと、主人が出てきた。

「おまえさんの娘、他所《よそ》へ移しましたよ」

「わたしの娘ではないが、なぜ」

移したのではなく、玉之介を怖がったおしほが自ら出ていったのかと焦った。

「なぜって、胡散《うさん》くさそうな男があらわれたんですよ。こんな小娘がいたはずだとね」

逃げた根津の岡場所が雇った追っ手にちがいなく、おしほを取り戻そうとしているにちがいない。

「助かりました。で、どこへ」

「五軒裏手の、うちがやってる木賃宿《きちんやど》ですが、あんな連中は鼻が利くから直《じき》に目をつけられます。磨けば玉になりそうな娘さんだ、ちゃんと直したほうがいいと思うがね」

「ええ。そのつもりで来たわけで」

頭を下げた玉之介は、裏へ足を運んだ。

直したほうがいいというのは、自分の娘と世間に知らせろということである。

旅籠の主人は、おしほを玉之介が脇に産ませた子と思っていたようだ。

武家町人に限らず、素人女《しろうとおんな》を孕《はら》ます男は多い。勘定をした者はなかろうが、半分くらいは赤子のうちに男が引き取り、家じゅうで育てるものである。

しかし、そうはいかない家も多かった。とりわけ主《あるじ》が養子となると、妻なり女房が許さない。となれば産んだ女が育てるのだが、男の懐《ふところ》事情によって差が生じるものだった。

女と子に家を買い与えられるなら、吉。仕送りもままならないとなると、凶。

銭《かね》が敵《かたき》の世の中は、昔も今も同じだ。

言うまでもなく、玉之介は凶の部類に組込まれた今である。

木賃宿はすぐに知れ、おしほは幸いにも居てくれた。広い相部屋の入口ちかくに、きちんとすわって着物の糸を解《ほど》いていた。

「なにをしているのかな」

「同じ部屋のお人が、暇なら手伝ってと」

女だけの相部屋にいたのは、江戸の古着を武州《ぶしゅう》の村々へ売り歩く初老の女だった。

見るからに萎《しな》びている女は玉之介を見上げて微笑《ほほえ》んだが、小狡《こずる》そうな目だけ笑っていなかった。

おしほの膝にある古着も汚ならしく、浜惣の元番頭は見えないところで舌打ちした。

「さぁ出掛けよう。住むところが決まったよ」

「糸を解き終わるまで、待ってください」

働くことが苦にならない娘だと、玉之介は嬉しくなった。

まだ外は明るい午《ひる》まえである。追っ手が目を光らせているかもと、玉之介は目を配りながら浅草阿部川町を目指した。

真っ直ぐに紅梅長屋へ向かわず、路地を右へ左へと曲がりつつ長屋の一軒に入った。

運よく、女房連中にも見られずに戸を閉められた。いずれ知られることだが、いきなり引きずり込んだと思われたくなかった男ごころである。

「狭いだろ」

「いいえ。村にいたときは、畳もなかったんです」

入口の脇にふたつ並んだ小さな竈《かまど》を興味ぶかく見ながら、おしほは九尺二間《くしゃくにけん》の裏長屋を見まわした。

「言っておくことがある。嫌だろうが、おまえさんはわたしが脇に作った娘ということでいてほしい」

「はい」

「済まないね」

「ぜんぜん。今日からあたしは、娘になります。お父さん」

「え……」

物分かりがいいのは有難かったが、若女房にするつもりの女からお父さんと言われてしまうと、せっかくの近い仲が、離れてゆくような気になるものだ。

「あら。嬉しくないんですか、旦那さん」

「旦那さんと言われるのも、なんだかなぁ」

「じゃぁ、うちでは、あなたと呼びましょうかしら」

我孫子《あびこ》の在から出てきたばかりの小娘は、すっかり江戸ことばをものにしていた。若い上に俐発《りはつ》なことが、嬉しかった。

娘は襷《たすき》を掛け、箒《ほうき》を見つけると早くも掃除をしはじめた。

「来た早々、箒を手に取ることはあるまいに」

「ちがいます。どこの屋根の下にも、小さな神様がいるって聞いて育ちました。そのお方への挨拶として、掃き清めなくてはいけません。女房なんですもの」

「女房になって、くれるんだね」

「いけないような言い方、しないで下さい」

ふっくらした唇で口を尖らせたのを、玉之介は奪おうとした。

「駄目っ。明るい内から、おかしなことしないの」

「……………」

長屋の女房がすっかり板についていた。天にも昇る心地とはまさにこのことで、四十五になる亭主の目に、熱いものが込み上げてくるのが分かった。

「なんて薄い板壁なんでしょ。これじゃ息づかいも筒抜けだわ」

話し声ではなく、息づかいと言ったのが玉之介の男をかり立てた。

尻を向けて箒を使う若女房に、初老の亭主は抱きついた。

「止《や》めてちょうだい。まだ、午まえでしょ」

「隣は独り者で、仕事に出ている。いいじゃないか、夫婦《めおと》なんだから……」

隅に重ねてある蒲団《ふとん》に重なったのは、ふたりの合意の上だった。

着ている物をもどかしげに脱いだ。

おどろいたことに、玉之介の男としての面目が、立派に立っていた。

猿若町の市村座から、吉兵衛は従兄《いとこ》である床山の伊八《いはち》を亀の湯に連れてきた。五十半ばで色白の狐《きつね》のような面《おも》もちの男だが、お調子者だった。阿部川町の亀の湯に着くと、吉兵衛は釘《くぎ》を刺した。

「いいね、若かりしころの遠山さまをよく知る髪結てことなんだから、威厳をもって、いい加減にやっとくれよ」

「分かんねえよ、厳しく適当ってぇのが」

「だからさ、煽《おだ》てりゃ木にも上る田舎侍なんだって。遠山の金さんはこんな髷をしてましたが、途中から変えて、また元に戻りとか言ってさ、変幻自在は名奉行の今も健在ですねぇと言やぁいい」

「なるほどな。で、どこに住んでたんだよ、遠山のお奉行は」

「変幻自在なんだから、今日は深川、明日《あした》は本所、明後日《あさって》は浅草と、って言やぁ煙《けむ》に巻けるだろ」

そこへ三十郎があらわれ、ビクッとなった男ふたりは肩を上げた。

「いかが致した。悪巧《わるだく》みでもしておったのか、狸《たぬき》と狐が」

「狸と狐とはまた――」

「言い得て妙であろうぞ、吉兵衛狸。ふたりとも片親は獣《けもの》と見るが、どうだ」

従兄弟同士を見比べながら、三十郎は含み笑いをした。

伊八が小首を傾《かし》げた。

「吉っぁん。浅葱裏と聞いたが、それほど野暮《やぼ》じゃねえ」

「そこの狐は、なに者」

「へい。吉兵衛狸の従兄の、伊八と申す結髪《けっぱっ》で」

「けっぱつとは、尻《ケツ》で一発放屁《ほうひ》する芸人か。それで、鼬《いたち》なわけだ」

「鼬ではなく、いはち」

「でも、屁《ひ》は放るであろう」

「確かに田舎出だてぇのは分かるけど、面白《おもしれ》ぇや」

「怒らしちゃいけねえよ、八ちゃん。いえね、三十郎さん。結髪とは髪を結う者でして芝居、いえ屡々《しばしば》お客のところへ出向いて仕事をするんです」

「ほう出前か。すると若かりしときの遠山さまの髷を結っていた者とは、そなたか」

「さようでござんす。もう三十年も昔になりますかね、あちらさんは大層な出世を。あっしは、役者の――」

伊八の口を、吉兵衛が押えて、

「お役所の方々とは、すっかり疎遠となっちまいましたと言うんだよな――」

ことばを重ねた吉兵衛だが、伊八は振り払った。

「役者だ。三十郎さんとやら、おまえさん、役者面《づら》だね」

「――」

「えっ」

三十郎と吉兵衛は、まったく同時におどろいた。が、すかさず吉兵衛は小声で
伊八の耳元に口をつけた。

「よりによって役者とは煽てが過ぎて、嫌味だろう」

「煽てちゃいねえ。おまえは知らねえだろうが、三座の看板役者の素顔はどうってことはないというか、つくり映えのする顔なんだ」

「蠅《はえ》のような顔と申したな、鼬とやら」

「ちがいますっ、いはち。つくり甲斐のある美男だと、申しましょう」

「おれがか？」

眉は太く濃い、鼻すじが通っている下の唇は薄くも厚くもない。そして肝心の

眼が、細くて長いと伊八は讃《たた》えた。

「だいぶ前に亡くなった高麗屋《こうらいや》の旦那が、同じだった。三十郎さん、おまえさん二枚目ですぜ」

「芝居小屋にも出入りしておるのか」

「へい」

「舞台の幕間《まくあい》に出る放屁芸人、やはり鼬ではないか」

「やりませんっ」

湯屋の広い脱衣場で、舞台の幕間がなんの、高麗屋が、と名が出て、亀の湯の女中たちが寄ってきた。

「どなたかが猿若町から亀の湯へ、来るんですか」

「来ないよ。役者なんか」

「でも、楽屋の狭い湯舟より、こっちのほうが手足を伸ばせるって――」

「向うへ行け、おまえたち。もうすぐ暖簾《のれん》を上げる時刻だぞ」

亀の湯の主人は、女たちを散らした。

床山の伊八は三十郎の手を引くと、勝手知ったる従弟の住まいのほうに入っていった。

二

上気し、火照《ほて》った顔で出てきたのは、若い女房を前に男を上げた玉之介である。

「あら、玉之介さん。今日はお仕事、お休み？」

斜向《はすむ》かいに住む弥吉《やきち》の女房、おまちだ。

「これから出ようかと……」

思わずニヤけてしまったのは、身も心も若返り、嘘がつけなかったからだった。

大工手伝いでしかない亭主とちがい、しっかり者の女房は一目で玉之介の変容ぶりを見抜いた。

おまちは軽く会釈すると、隣家の助十《すけじゅう》の家に入っていった。

「一大事よ、おくみさん」

「なぁに。なにかあったの？」

「あったもなにも、代書屋の玉さん、女を引きずり込んだみたい」

「女って商売女、それとも素人娘《しろうとむすめ》、そうじゃないなら後家さん、あるいは人の女房？」

興味津々、噂は惣菜《おかず》、飛んで火に入る栗の毬《いが》、割れて弾けりゃどこまでもと、話は大きく盛られて騒ぎとなるものだった。

長屋の男が女を引きずり込んだところで、どうという話ではない。実直そうで人あたりのよい玉之介がとなると、話はちがうのだ。

「まだ見てないけどさ、玉さんの顔を見た限りじゃ素人、それも武家の奥方だと思うのよ」

「嘘っ。見つかったらお手討ち——」

「しいっ。長屋にお侍が乗り込んできたら、あたしら巻添えになるわ」

「分かった。それで大家に、元お役人が……」

「ちがいないわ。寝盗られた奥方の敵《かたき》を討ちに来るのを、あいや暫《しばら》くって大家が出てくる。お長屋の連中に罪はないと、仲に立つ」

「浄瑠璃だ。お芝居みたい。大勢の捕り方が御用提灯《ちょうちん》を手に、長屋を囲む。玉さんは追っ手を逃れて、屋根に上がる」

「すると寝盗られた侍は卑怯にも、奥方の喉元に刃《やいば》をつけて、先に女をおまえの見ている前で殺すぞ」

「玉さんに抱かれて極楽の悦《よろこ》びを知った奥方は、わたくしはよろしいのですから玉之介さまは逃げて」

「修羅場ねっ。すぐに歌舞伎芝居に、仕立てられるわ。紅梅長屋恋達引《こいのたてひき》、いいじゃないの」

江戸の長屋とは、こうした者たちが暮らしていた。というより、こんなのばかりだった。

玉之介が引っぱり込んだ女が武家の奥方とされたのであれば、あえて覗き込んで確かめるのは野暮なのである。


亀の湯の居間に大声が上がった。

「あ、あぁっ。なにをしたっ」

三十郎の絶叫である。

立てた鏡の中に、片眉の失《う》せた三十郎が映っていた。

「まっ、眉が無いっ」

「騒ぐことじゃありませんやね、ひと月もすれば元どおり生えますって」

「ひと月も、このままでおれと申すか」

「分かりました。揃えます」

言ったなり、伊八は手にしていた剃刀《かみそり》を三十郎の額《ひたい》に辿《すべ》らせた。

両眉はスッパリ、跡かたもなく失くなった。

「わぁっ。おれを、陰間《かげま》もどきに致すつもりかぁ」

「男色の陰間ではなく、役者にです」

「陰間も役者も同じ。おれは遠山さまのなされた髷《まげ》にしてくれと、頼んだだけだっ」

「遠山さまは金四郎と名乗っておられた時代、変幻自在のお姿で市中に出没されたんですぜ」

「ん？」

「あるときは博打《ばくち》に明け暮れる中間奴《ちゅうげんやっこ》、またあるときは仕官先を探す浪人侍、あるいは町医者と、あたしは様々な髪を結《ゆ》わされました」

「それと眉が、どう関わるっ」

「髷だけじゃすぐに面が割れますが、こうして眉を付け替えれば……。ねっ」

床山の伊八は舞台で使う付眉《つけまゆ》を貼り、上へ下へと動かして見せた。

三十郎は怪訝《けげん》な顔をしたが、吉兵衛は感心した。

「さすがだ、八ちゃん。つくり映えどころか、三十郎さんは二枚目だと、いま分かったよ」

太く濃い眉が、紅三十郎を野暮に見せていたのである。

そこへまた三十郎の悲鳴におどろいて、女中どもが顔を出した。

「やだっ。やっぱり猿若のお役者だわ」

「ひゃぁっ。どなたか知らないお人ってことは、上方から江戸の猿若町へ?」

近づこうとする女たちを、吉兵衛は遮《さえぎ》りながら、誰にも言うんじゃないぞと口止めだぞと言い置いた。

江戸でいうところの口止めとは、知らぬまに拡がることだった。

女中たちがここだけの話と言い廻れば、亀の湯に上方の役者が来るとなり、客足がよくなるのだ。

「ちょいと、上方《かみがた》のお役者は?」

「残念ですなぁ、先ほど帰りました」

「ねぇ来ないの? 役者」

「今日は舞台稽古で、楽屋の内湯に入ると聞いてます……」

騙すのではない。夢を見させることだった。

破瓜《はか》されたことで汚れた腰巻を、まずは洗わなければと、おしほは井戸端に出た。

紅梅長屋の入口にある玉之介の家の斜め前が井戸で、そこに連らなる物干場《ものほしば》にはもう幾つもの洗い物が風に吹かれてヒラヒラしていた。

ひとりも長屋の者はいなかった。

顔を合わせるのは構わないし、挨拶だってしたい。が、赤黒く汚れた染《し》みだけは見せたくないのが娘の心情である。

手早く、それでも丁寧に洗い落とした。

亭主となった玉之介は眠りこけ、鼾《いびき》をかいていた。長屋連中に挨拶をするなら、夫婦揃ってがいいだろうと家の中に駈け込んだ。

按摩《あんま》の粂市《くめのいち》が聞き憶えのない下駄音を耳にしたのは、昨晩の上がりを床下の甕《かめ》に納めているときだった。

――おや、女が向かいの玉さんのところへ、駈け込んだね。それも、若い娘とは……。

耳敏《みみざと》い盲《めしい》ならではの勘は、大当りを見た。

が、長屋の女房連と噂話に興じる粂市ではない。なにより気になるのは、床下の十両一分《いちぶ》二朱《にしゅ》を盗まれてしまうことである。

十両あれば、表長屋で六人ほどが一年も暮らせるのだ。もっとも、粂市の全財産がこれだけではなく、もう九十両を本所の惣禄《そうろく》屋敷に預けてあった。

惣禄屋敷とは、盲人に位を授《さず》ける京都当道座《とうどうざ》の江戸屋敷で、箏三味線《ことしゃみせん》の検校《けんぎょう》を筆頭に座頭《ざとう》まで、銭《かね》の高によって授けるところとなっていた。

銭と位を引換えるとは、聞こえがわるかろう。建前では、それなりの見識と品格の備わった者にとされるが、今や銭でしかなかった。

検校ともなると千両、最下層の座頭でも百二十両という。

「そんな大枚を払ってまで、尊敬されたいのか」

知らない者は呆《あき》れるが、座頭の位を得ることで高利貸の特権が得られるのであれば、仕方ない。

俗に座頭貸《がし》、盲人のみに与えられた幕府のお墨付となっていた。

「一両を一年貸して、一両と一分が戻る。なにもせずに、生涯を安楽に暮らせるよ」

粂市が按摩の師匠から囁《ささや》かれたことばで、それを励みに今日まで切り詰めながら暮らしてきたのである。

紅梅長屋に入った理由《わけ》は、裏長屋へはまちがっても泥棒が入らないからであり、周囲は表長屋と商家、その外側は寺ばかりと、安全な町と思えたからだった。

――床下に隠した十両を預ければ、残りあと二十両。あたしゃ天下晴れての、高利貸……。

ニンマリとしたところに聞き馴れない若い娘の下駄の音がしたことで、粂市は体を固くした。

「そういえば、新しい大家は侍。となると、油断はできませんよ」

侍が怖いのではなく、家主《いえぬし》の金右衛門《きんえもん》がなにか起きそうだと感じ、元役人を引っぱり込んだのではないかと考えてしまったのである。

考えれば考えるほど、床下が気になってきた。

「上方から夜逃げ同然に駈落ちしてきた幸次郎《こうじろう》おやえの男女、そして今の若い娘と、この夏以来の紅梅長屋は、おかしいことがつづく……」

とはいうものの床下の十両が気になってと、打ちあける相手はいなかった。

按摩の誰でもが、位を得ようとするわけではない。裏長屋に住んでまで銭を貯めようというのは、仲間内では嫌われるものだった。

――よぉし。留守のあいだだけ、誰ぞに来てもらおう。

床板を戻して畳を元どおりにした粂市は、十両を手に本所の惣禄屋敷へ足を向けた。

入れちがうように長屋に入ったのは、貸本屋の彦太《ひこた》である。仕入先からの品物を背負い、家の戸を開けた。

気配を感じるとは、不思議なことである。誰かがやってきたわけではないが、女の匂いを嗅いだのだった。

左隣は独り者の寅蔵《とらぞう》で、朝から仕事に出ている。右隣は、と思えば半月前に入った代書屋の初老男、こちらは裏長屋にそぐわない色男ぶりを見せていた。

彦太と同じ午《ひる》すぎに、仕事へ出る玉之介のはずではなかったか。

――野郎、女を引っ張り込んで昼間から……。

薄い板壁に耳をあてると、女の声が聞き取れた。

睦《むつ》みごとは済んだのか、ときおりしゃべる様子が分かるが、声が小さくて聞き取れない。安普請《やすぶしん》ながら、覗き穴には詰め物がされている紅梅長屋である。

しかし、女の声は若かった。

まだ二十歳の彦太は、気になって仕方なかった。女房連中なら知っているかもと、向かいの弥吉《やきち》のところに顔を出した。

「おや、貸本屋の若旦那じゃないの。売れ残りは、買わないわよ」

「押売りはしませんや。おっと、助十さんとこのおかみさんもいましたか」

「彦さん。昼這《ひるば》いを、おまちさんに」

「なんですか、昼なんとかって」

「夜這いできないから、亭主の留守に昼這い」

「そうしようと来たところに、もう一人がいたってぇやつです」

貸本屋は耳年増《みみどしま》だった。春画も売れば、あやしい草紙も貸すし、担ぎ荷の下には肥後《ひご》随喜《ずいき》なる張形《はりがた》も持ち歩いていた。

客の半分が後家であれば、必然きわどい話にも馴れてくる。彦太は女ふたりを均等に、手を握ることで誤魔化した。

女房ふたりも馴れたもので、若造の股間に手をのせた。

「やだねぇ、大きくなってないじゃないの、彦ちゃん」

「失礼しちゃうわ、まったく」

怒ってみせた。

すわり直した彦太は、やってきたわけを話した。女たちはやっぱりと顔を見合わせて、武家の奥方との密通だと答えた。

「見たんですかい、武家の奥方を」

「そう決めたの、あたしらが」

「でしたら、ちがいます。若い女でした」

「──。お武家の、娘御だったってことね」

おどろきながらも、不義を働いた玉之介を討ちに侍がやってくる話となった。

「辻褄《つじつま》が、合ってきたじゃないのさ。奥方の敵というなら、侍の亭主ひとりでいい。でも武家の生娘《きむすめ》を傷ものにされたっていうなら、父親も兄さんたちもやってくる。となれば、捕り方の出番となるわよ」

「おふたりともね、いくら新しい大家が元与力だからって、そこまでは……」

「貸本屋のくせして、面白くないこと言うのね。お芝居らしい人生があってこそ、でしょうが」

「巻き込まれたいんですか」

「あったりまんこの縮れっ毛」

「…………」

負けましたと、彦太は立ち上がった。

立つに立てなかった三十郎である。

湯屋の居間では、お化粧《つくり》が始まっていた。

「そこまでは、やりすぎじゃないかい。八ちゃん」

吉兵衛が首を傾《かし》げる。

「かもしれねえ。舞台とちがい、誇張しすぎると嘘っぽくなるな」

言いながら伊八は、細めの付眉に取り換えた。

「これで、いいだろう。で、髷のほうだが鬘《かつら》ってわけにはいかねえから、このまま
とすると傘張り浪人だ……」

「結髪屋には、月代《さかやき》を剃ってもらいたい。どうも伸ばしっ放しのままなのが、気
になる」

「じゃ、剃りましょう」

伊八は三十郎の元結を切り、肩に掛かる髪を梳《す》きながら、手際よく剃りはじめ
た。

「気持ちよいな。剃ってくれる玄人《くろうと》がちがうことは、八丁堀の屋敷に入って知っ
た。毎朝、屋敷へ髷を結いに来るのだが、それ以前の秩父《ちちぶ》にて代官手代のときは

妻《さい》であったから……」

「サイとなりますと、痛かったでしょう」

「うむ。ときに傷をこさえられ、血が」

「賽《さい》ころでゴリゴリとやりゃ、誰だって泣きまさぁね」

「ちがう、妻女《さいじょ》だ。女房である」

「分かってます。伊八が揶揄《からか》っただけじゃありませんか。よろしいですか。三十郎さん。江戸の町人は、ことばで遊ぶのが好きなんです。お奉行の遠山さまは、そこから身につけました。そうだよな、八ちゃん」

「あたり前よ。おれたちは、遠山さんって姓も知らないから、金さんって呼んでた」

「となると三さんだが、これはおかしいから三ちゃんだ」

「三ちゃんと呼ぶか、わたしを」

「場合によっては、三公《さんこう》」

「さ、三公……」

吉兵衛は目を剝《む》く三十郎に、賭場《とば》に出入りする中間奴ならそれしかないと言い切った。

しゃべりつつも、伊八の手は動いていた。鏡の中で、三十郎の髷先は曲げられて町奴ふうとなっていた。

「止《よ》してくれ。長屋の大家が博打うちでは、いくらなんでもおかしかろう」

「ならば、こうします」

床山は持参していた岡持から、豆絞《まめしぼ》りの手拭を取り出すと、クルクルと三十郎の頭に巻きつけ、声を上げた。

「へい。魚屋でございっ」

「……………」

思わず手のにおいを嗅いでしまった三十郎は、魚くさくないことに首を傾げたほどである。

「いいですねぇ、今日は魚屋の大家ってことにしましょう」

一丁上がりと帰ろうとした伊八に、吉兵衛は二日に一度は来てくれよと念を押した。

なにがなんだか分からないのは、三十郎である。どう見ても、鏡の中にあるのは自分ではなかった。

武州秩父の代官手代のころ、三十郎の太くて立派な眉は威厳を見せた。それも村廻り役は馬に乗ってのことであれば、眉こそが力を示すものと思えた。

番台から客を見下ろすのも、それが役に立った。が、今日は魚屋だという。

先刻の女中たちがやってきた。

「あれっ。旦那さん、上方くだりの役者さんはいなくなったんですか」

「芝居の稽古に行ったよ。おまえたち、お客が入る仕度はできたのか」

「できてますけど、番台さんがいません」

「今日はな、この人が代役だ」

「まぁ、粋《いき》な魚屋さん。ねぇ、あたしを三枚におろしてくださいな」

女中の一人が色目を使うのを、三十郎は鼻で笑った。

「馬鹿やろう。てめぇなんぞ、十枚におろしても食えねえや」

「やだぁ、本物の江戸っ子」

吉兵衛はおどろいて三十郎を見ると、唸《うな》った。

「口がわるいことは知ってましたが、魚屋で嵌《は》まるとは思わなかった……」

「秩父《ちちぶ》におれが行ったのは、十二のとき。それまでは与力だった長兄の屋敷に、
部屋住《へやずみ》の末弟として育ってた」

「その割には、横柄《おうへい》な上に野暮でございましたね」

「部屋住てぇのは家の中にいて、養子先が決まるまでじっとしているしかない。晴れて養家が決まると、今度ぁ好き勝手の芽が出てくるらしい」

ただの回顧か、自戒なのか。三十郎のつぶやきに、吉兵衛は思わず声を放った。

「よっ紅、金四郎っ」

芝居小屋に陣取る大向うの掛け声が、湯屋の天井を響かせた。

が、三十郎はなにがなんだか分からない。魚屋に仕立てられたのは分かるものの、自分が役者にされたことに腹を立てるべきか、従うべきかである。

——遠山さまも、似たようなものであられたのだろうか……。

考えても始まらないと、魚屋三十郎は尻端折《しりつぱしよ》りをして番台の人となった。

三

生きてゆく上の、張り合いが生まれた玉之介だった。

それはとりも直さず、明日という日が楽しみになることであり、昨日までとはまったくちがうものとなっていた。

誰であっても明日は分からない。地震や大火事に遭うこともあれば、けがや病《やまい》に臥《ふ》すときもある。

が、慈《いつく》しむ人が身近にいるだけで、天災も寝込むことも乗り越えられるのだ。

今の今まで、不測の事態の訪れるのが恐かった。

料理屋浜惣の主人も、玉之介を信頼して目を掛けてくれた。また家にも、女房がいた。しかし、どちらも平安な暮らしの中でのみ、支え合っていたにすぎなかったのだ。

こうして厠《かわや》に入り、小用を足していることまでが面白くて仕方なかった。

先刻、男となった股間のものを誇らしく見ているのではなく、別な用途でこれは役立っている。

以前は仕事のできない料理屋の手代を馬鹿にしたものだが、そんな男が家では心やさしい倅《せがれ》であるかもしれないと気づくことができた。

「なにごとにも優れる賢者など、お目には掛かれまい」

玉之介がつぶやくと、貸本屋の彦太が並んだ。

「いらしたんですね、玉之介さん」

「うん。今日は、休みにしたんでね。彦さんは、早終《はやじ》まいか」

「ま、そんなところです」

彦太と並んで連れションをした玉之介は、いちもつをふって褌《ふんどし》に納めたが、隠しごとをする気はおこらなかった。

「いきなりだけど、同居人が一人ふえました」

「賑やかで結構なこと。ご親戚とかで」

「脇にこさえた娘と言いたいところだが、若いのと所帯をもったんです」

「女房を――」

「お隣さん、となれば壁ごしで迷惑かもしれないね」

「なんの。夫婦喧嘩されるのに比べりゃ、どれほどいいか。どうか気になさらず、お繁《しげ》りくだせぇ」

繁るとは色里の符牒《ふちょう》で、男と女が睦《むつ》み合うこと。貸本売りには、手馴れたことばとなっていた。

「今夜にでも、皆さんのところへ、挨拶に出向きます」

お先にと、玉之介は出て行く。用を足しながら彦太は、少しも動じないでいる玉之介を目で見送った。

――武家の娘御と、所帯をもったと言い切ったぜ。肝《きも》の据わったお人だ……。

匿《かく》ったのではなく夫婦ですと名乗るのであれば、相手は武家ではないかもしれない。

　彦太は手水《ちょうず》を使うのも忘れ、長屋の女房連のところへ足を向けた。

「ご注進、ご注進」

「どうしたの、彦さん。裾《すそ》くらい下ろしなさいよ」

「あっ、いけねえ。手も洗ってこなかった」

「やぁね。ちゃんと、ふって出てきたんでしょうね」

「長屋のかみさんてぇのは、すぐ話を下に落としやがる。明け透《す》けに過ぎるのも、時と場合によりますぜ」

「どうでもいいじゃないの。なんなのよ、ご注進ってぇのは」

　弥吉の女房おまちは亭主の褌をたたみながら、貸本屋の大袈裟《おおげさ》なご注進を片手間に聞くつもりでいた。

「おどろいちゃいけませんよ。代書屋の玉さんが、若い女房を持った」

「例の武家の――」

「分からねえや、そこまで」

「見てきたんじゃないの、あんた」

「まだです」

「嘘を言ってるかもしれないでしょ、玉之介さんが。長屋のみんなには、武家奉公の女中でしたとか言い繕《つくろ》って、実は旗本の娘御なのかもよ。討ち手が来ないようにって……」

「そうか。あえて嘘をついたって寸法か」

「隣のおくみさん呼んで来てよ。場合によっちゃ、玉之介さんに長屋から出てもらうしかないんだから」

狭い裏長屋で、刃傷沙汰《にんじょうざた》を見るのは好ましくない。ここはなんとしても大家をまじえて相談をするのがいいと、おまちは今夜あつまるべく招集をかけようと言った。


玉之介には、どうしてもしておくべきことがあった。女房と離縁しない限り、おしほと所帯をもてないのである。

もう浜惣の番頭ではない上、家を飛び出したままなのだが、ちゃんとした町人だったことで、人別帳や寺請証文から抜けなくてはならないのだ。

とはいえ、女房の前で手をつくつもりはなかった。また三人いる子どもたちはもう大人で、仲のよろしくない両親夫婦とは一歩も二歩も離れて暮らそうとしている。

離縁して困ることはないが、きちんとすべきことだけはしておきたい玉之介は、おしほにとってもそれがいいと思っていた。

善は急げと、八王子に出向くことに決めた。

八王子は女房の実家と檀那寺があり、きちんと申し出るのが、養子で入った玉之介の務めと肚《はら》をくったからである。

おしほは二日ほど家を空けるという玉之介を、喜んで見送った。

「家主と大家それに長屋の連中への挨拶は、戻ってからにしよう。すべて片がついてからのほうが、いいと思うのだ」

「はい。お長屋のみなさんには、あたしから挨拶しておきます」

「頼んだよ。おまえさんなら、つつがなくできる」

玉之介は草鞋《わらじ》をつけると、紅梅長屋をあとにした。

晩めしが済むと、新参の大家のところへ長屋連中があつまっていた。

「おじゃましますよ」

「何者か」

三十郎の声に、仕事に出ている粂市を除く男女が笑いながら入ってきた。

「まだ侍のつもりでいるよ、大家さんは」

九尺二間《くしやくにけん》ぶち抜きのふた間の隅に、三十郎は寝ころがっていた。

「大家さん。あれ。あれっ――」

素頓狂《すつとんきよう》な声を上げた彦八は、起き上がった男を見て後退《あとずさ》った。

「あれま、魚屋さんが居すわってらぁ。大家さんとこの勘定を取りに来たものの、もぬけの殻だったにちげぇねえ」

「勘定を取りに来たとは、誰が」

「――」

長屋の誰もが、目を剝《む》いた。

声柄も立居ふるまいも、大家の三十郎にちがいない。なのに、首から上が別人となっていた。

「木偶《でく》人形なら首のすげ替えくらい、訳なくできるよな」

「けど、生きてるぜ」

寅蔵と弥吉の掛け合いは、みんなをうなずかせた。

同時に、助十の女房おくみが声を立てた。

「やだぁっ。一心太助《いっしんたすけ》じゃないっ」

講談に登場する義理人情に厚い主人公は、江戸っ子好みの魚屋の名である。

女房たちが男どもを掻きわけて、前に出た。ワァキャァ言いつつ、三十郎の手足、肩、腹にまで手を伸ばしてきた。

「よ、止《よ》せっ。止さぬか、お多福ども」

「お多福の弁天、吉祥天女《きっしょうてんにょ》、天《あま》の羽衣《はごろも》のご到来よ」

抱きついて放さないのが、長屋流だった。

彦太が行灯《あんどん》の芯《しん》を切って明るくすると、まぎれもなく紅三十郎があらわれた。

「化けましたね」

「信じ難いや。昨日までが嘘で、これが本物ってことか……」

紅梅長屋に二枚目が、降って沸いたのである。

「おかしいと思ったのよ、奉行所の与力さんが大家になるなんて」

「ほんと。長いこと大家不在だったわけが、分かったわね。朝は魚屋、そのまま湯屋の番台、夜は長屋の大家さん。働き者だわ」

「口がわるいのも、あたり前だわさ。魚屋の、三ちゃん」

女たちが讃《たた》えると、三ちゃんと呼ばれたにもかかわらず三十郎は気を良くした。

「そうであった。魚屋なのだ。が、これは世をしのぶ仮の姿。まことは――」

「いいんだってば、その先は言わないの。大久保彦左衛門《ひこざえもん》ってご家老と昵懇《じっこん》の男、でしょ」

「まぁ、そんなところだ……」

家老ではなく奉行なのだが、影目付《かげめつけ》としての御役《おやく》を曝《さら》すことはあるまいと、三十郎はことばを呑んだ。

おくみが、三十郎の腕をまくってきた。

「これ、なにをするっ」

「一心太助なら、二ノ腕に文字が彫ってあるんでしょ」

「文字？」

「たとえば忠義一途とか、御意見無用とか」

「左様な彫物《ほりもの》まがい、俺はせぬぞ」

「やだっ。侍ことばなんか使って、ほんとはお尻のほうに彫ってあるんじゃないの？」

駕籠《かご》昇《かき》の女房は、いきなり三十郎の裾をめくった。

「ないようね」

「節度というものを、知るがよかろう」

「ま、文字が彫ってあっても、他力本願とか酒池肉林だわ」

女房たちは大笑いとなった。

「…………」

三十郎は裾を直しながら、長屋連中が押し掛けてきたのを怪訝《けげん》に見返した。

「もっと、明るくならなくちゃ。三ちゃん」

「能天気になれるものか、このご時勢」

奉行所にいたことで、三十郎は幕府のお偉方が右往左往しているのを聞いていた。

海と接する諸藩から、異国船の出没が五日にあげずあるとの報告ゆえで、年を追うごとに増えているらしい。

鯨《くじら》を獲る漁船から、砲門をもつ黒船まで、どれもが遠眼鏡で陸を眺めていると言い添えられた。

が、民百姓は、それを知らない。幕府は無用な混乱をさせまいと、秘密裡《り》に砲を据えつける台場の建造を急いでいた。

「危なっかしいご時勢に、どうしろって言うのよ」

　おまちが笑った。

「確かに押込みまがいの浪人が、出るようになった今であれば、笑うものでもなかろう」

「なに言ってんのよ。浪士とか名乗って脅す奴らは、こんな裏長屋には来ないわ。危なっかしいのは、江戸じゅうが火の海になることでしょ」

「火事か」

「馬鹿《ばっか》じゃない。怖いのは、黒船が放ってくる大砲《おおづつ》よ。一発で、町内が吹っとぶって」

「――――」

　知っているのだ。長屋の女でさえ、黒船の脅威を。ところが、江戸城のお歴々は知られてはいないものと思い込んでいる。

「ひと晩で火の海になるなら、笑うしかないでしょ。なにもできないのだもの、あたしら」

「黒船の話を、どこで聞いたのだ」

「どこって言われたら、お湯屋かしら。どうだった？　おまちさん」

「あたしは、棒手振《ぼてふ》りのお兄ちゃん。あの人たち、耳が早いもの。あんただって、魚屋でしょうに」

江戸で棒手振りというのは、魚河岸《うおがし》と料理屋の仲立ちをする者が語源とされていた。

大名家の重臣や商人らが利用するところに出入りする者であれば、そうした話は聞けると考えられる。

「料理屋で思い出したんですけど、代書屋の玉之介さんは以前、大きな料理屋にいたそうです」

まだ若い徳松が、ぽつりと口にした。

「徳ちゃん、どこで聞いたの」

「十日に一度、実家から手代が小遣いを持って来ます。たまたま玉之介さんを見かけた手代が、あの人は浜惣の番頭だったはずだって言いました」

「人形町の浜惣って言やぁ、名だたる料理屋だぜ。おれはあそこに送り込む客が酒手《さかて》をはずむのが嬉しくてさ……」

駕籠舁の助十が言うのを、女房おくみが怖い目をして睨んだ。

「ちょいと、その酒手は呑んでしまったね」

「年に一度あるかないか」

「嘘おっしゃい。人形町界隈で、客待ちしてんじゃないの？」

「なんにせよ、みんながあつまったのはその玉之介さんのことなんです。大家さん……」

貸本屋の彦太が、玉之介が娘のような女房を引き入れた話をはじめた。

そこに徳松の聞いた話が加わり、あの玉之介がなぜ番頭を辞めて紅梅長屋へやって来たかとなった。

「浜惣に上がったお武家の娘と、玉之介さんが惹かれあったに決まってるじゃないの」

おまちが確信をもって言い募ると、亭主の弥吉が制した。

「武家の娘御が、料理屋に上がるかよ」

「お見合いの席よ。娘さんは会ってみたものの、いけ好かない侍だった。そこに玉さんが登場、渋皮の剝《む》けた四十男だもの、コロリと参ったたってわけ」

「渋皮と申すことばは、年増《としま》に用いるのだが」

「いちいち鬱陶《うっとう》しいわね。いいのよ、長屋では」

助十の女房おくみに、三十郎は肘で突つかれた。

「ところが料理屋の番頭は町人、娘はお武家となれば一大事。娘の親は男を斬り刻んでも赦《ゆる》せない、浜惣は難を避けようと玉さんをお払い箱にする。追い出された玉さんは、この裏長屋に来た。そして今日、娘御を迎え入れたのよ」

長屋の女房は、見事に辻褄《つじつま》を合わせた。あつまった者は、ひとりとして異議を挟めずに黙りこくった。

「であったとして、おまえたちはどうするつもりだ」

「分かんない男ねぇ、あんた。どう隠れたって、見つかるに決まってるでしょ。紅梅長屋に、討入りだわ」

「討入り」

三十郎が唸《うな》ったところに、按摩の粂市がやって来た。

「みなさん、粂さん。お揃いで」

「早いね、粂さん。今日は客がつかなかったのかい」

「いえ、休みましたです。ところで、このあつまりは？」

彦太が玉之介の話をかいつまんで説明すると、粂市は笑った。

「残念ながら武家の娘御ではなく、町娘でした。いや、あの歩きようは百姓ですかな」

按摩の耳を信じない者はいなかった。なぁんだとなって、解散するつもりで外に出ると、玉之介の若女房が立っていた。

「あの、しほと申す不束者《ふつつかもの》でございまして、た、玉之介の女房に……」

「――――」

垢抜《あかぬ》けてはいない。が、愛嬌《あいきょう》のある顔つきと恥じらう姿が、なんとも好もしく映った。

女房たちは仲間として迎え、男どもは玉之介を羨《うらや》んだ。そこに三十郎も、入っていた。

四

翌日、おしほが働きたそうなのを見て、女房たちは洗張《あらいは》りの内職や繕《つくろ》い物を手伝わせた。

ところが、思ったほど手先は器用とは言い難かった。

「急ぐことないんだから、丁寧にね」

「してるんです……」

亭主の玉之介は八王子に出掛け、明後日にならないと帰ってこないという。洗濯物も少なければ、狭い家の掃除はすぐに終わる。三度の食事も、おまちたちが作ったのをいただいた。

これには、おくみが困り顔となった。手内職の、やり直しをしなければならないからだ。

「鍬《くわ》や鋤《すき》を持たせりゃいいんだろうけど、ここじゃね」

当人に聞こえてくる話ではないが、おしほは仕事にならず迷惑を掛けているのは分かっていた。

ふらりと外に出た。行く先のあるはずもなく、おしほは江戸の町なかに出た。

少し足をのばせば浅草寺で、どこも人だらけで風が強い。

銭《かね》がないのだから買物はできず、ただ歩いた。肩と肩がぶつかりそうな人混みが、だんだん面白くなってきた。

女房になったとはいえ、丸髷《まるまげ》に結《ゆ》っているわけではない。着ている物も安っぽく、娘じみている。風で裾《すそ》が翻《ひるがえ》った。

手で押えたところで、声を掛けられた。

「よぉ姉ちゃん。ご本堂なら、そこを左に折れるがいい。なんなら、おれが案内しよう」

田舎娘と侮《あなど》られたくないので、おしほは素通りした。

「いい女じゃねえか、一緒に芝居を観ねえかよぉ」

見るからに与太者《よたもの》で、これもまた知らんぷりを決め込んだ。

そこへ、背ごしに声が掛かった。

「芝居なら、枡席《ますせき》が余ってます。なに、銭は要りません」

ふり返ったところには、商家の若旦那らしいのと手代が並んでいた。

悪人には見えず、身なりもまともだ。これならと、おしほは笑い返した。

「では、参りましょう。猿若町の本芝居です。幕間《まくあい》には、中食《ちゆうじき》を摂る茶屋も取ってありますよ」

男ふたりに狭まれるように、おしほは歩きはじめた。浅草寺の脇を通り抜けて、芝居町へ向かう道の途中で呼び止められた。

「なんだねぇ、こんなところまで来ちゃって。駄目じゃないか、動いたりしちゃ」

見知らぬ女である。おしほをさも知り人のように、立ち止まらせた。人ちがいですと、口を開こうとしたとき、

「おまえさんたち。奉公先の決まった子なんだから、連れてっちゃ困るんだよ」

有無を言わせずに、女はおしほの手を引いて男たちから離した。グイグイと手を引く力に、抗《あらが》えなかった。

境内に戻ったところで、女は怖い目でおしほを叱った。

「あの男たちは、人買いの手先なの。知らぬまに、あんた売りとばされるんだよ」

「人買い」

「芝居を観せるだろ。裏手の芝居茶屋に上がると言って、脇の土蔵に連れ込む。すると強面《こわもて》の男が出てきて、あとは言いなり……」

女の言う意味は分かったが、なにを信じていいか分からなくなっていた。

キョトンとした顔になったのを、女は笑った。

「江戸に出て、まだ数日。それも、働いてはいないだろ」

「はい。我孫子《あびこ》の在を出て、今は阿部川町の裏長屋で所帯を――」

「阿部川町の裏長屋って、紅梅じゃないかしら」

「ご存じですか」

「知るも知らぬも、大家ってぇのはお湯屋の番台だろ」

「そうです」

「番台に送り込んだのは、あたしだよ。福成屋《ふくなりや》って口入屋《くちいれ》で、お福と言うんだけどね。あんた、あの斜めに傾《かし》いだ家の住人——」

「はい。朝、目が覚めると亭主と壁際に引っついてるんです」

「楽しそうな顔で言ってるけど、いずれ腹が立ってくるよ」

「そうでしょうか？」

「まぁいいや。で、大家はどうなの」

「魚屋さんみたいです」

「大家が、魚屋とは思えないね。眉が濃くて太い、横柄《おうへい》な口をきく野郎のはずだけど……」

「みなさんが仰言《おつしや》るのは、講談に出てくる一心太助そっくりだとか。今日はお湯屋さんお休みで、家にいました」

「嘘。魚屋のはず、ないよ。一緒に行って、確かめてやる」

江戸は火事を嫌う。とりわけ風の強い日は、火の粉が舞って火事が出やすい。湯屋は強風と分かると、一斉に休みとされた。

お福が歩きはじめたので、おしほは従った。

歩きながら、武州の在から出てきた日から今日までを、口入屋の女主人に語りはじめた。

目が点になるとは、まさにこのことだった。

無骨にして野暮《やぼ》、役人らしい傲慢《ごうまん》さで人を見下していた元与力が、お福が見ても一心太助になっていたのである。

「あっ、口入屋の破戒尼《かはいあま》」

「破戒は、余計ですよ。人聞きのわるい」

「聞いてるぞ、若い修行僧をたらし込んで骨抜きにし、破門させたとな」

「だったら、なんだって言うの。江戸じゃ、それを功徳《くどく》を施したって言うの。女も知らず一生を念仏三昧《ざんまい》に送るほうが、可哀想でしょうが」

「おまえのような女が、世の中をわるくするのだ」

「使えない与力見習に、言われたくないね」

「なんだ、使えないとは。それに、見習だと？」

「知らぬは当人ばかりなりって言ってね、武州の在から出てすぐ与力になれるもんか」

「えっ」

「追い出されたんだろうに、奉行所から」

「……………」

堪《こら》えるしかなかった。奉行の下命による影目付とは、ここは口が裂けても言えないのである。

「それにしても、あんた思いのほか二枚目だね」

「この俺を誘いたいと、女狐《めぎつね》の化けの皮が剝《は》がれてきたな」

「地金《じがね》を知ってるの、あんたが野暮な田舎侍ってこと。誰が誘うものか」

「女の強がりは見苦しいな、腰の周りが熱くなっているのではないか」

三十郎は、手をお福へ伸ばした。

バチン。

張られたことで、豆絞《まめしぼ》りの鉢巻が外れた。

パチン。

火が出そうな張り手が、おしほの頰に飛んできた。

家に戻った若女房は、見知らぬ男女がいたことにおどろいただけでなく、いきなり挨拶もなく顔を叩かれたのである。

「――――」

「うちの人を誑《たぶらか》し、浜惣の店の銭《かね》まで盗ませたんだね」

「店のお銭……」

パチン。

ふたつ目を張ってきたのは、玉之介の女房らしい。

横にいる男は分からないながら、用心棒らしい。目つきはわるくないが、力のありそうな大男だった。

なるほど、おしほは亭主盗《ぬす》っ人《と》ではある。殴られても仕方ないが、浜惣の銭というのが分からなかった。玉之介の財布は、いつも空《から》に近いことは知っていた。

――博打《ばくち》に嵌《は》まって、借銭《しやくせん》を返すため……。

考えられることではあったが、玉之介らしくないおこないに思えた。

玉之介は八王子から、まだ帰っていなかった。

「小娘が大人を騙すなんて、世間が赦《ゆる》しませんのさ、世間が」

胸倉《むなぐら》を押され、おしほは尻餅をついた。

安普請《やすぶしん》の紅梅長屋はグラリと揺れて、地震かと女房たちが外に出た。

井戸に近い玉之介の家に人がいるのが見え、三十郎まで覗き見た。

片頰を押えたおしほの前に、怖い顔をした大年増《おおどしま》というより、気の強いだけの若い鬼婆《おにばば》ぁが仁王立ちをしている。

どう見ても我孫子の実家から出て来た女親に思えないのは、着物が上物だったからだ。

長屋の連中があつまってきたので、女は踵《きびす》を返そうと外に出た。

「婆《ばあ》さん。なにがあったか知らねえが、小娘を叩くのはまずかろう」

「貧乏人が、差し出がましい口を」

「口と銭とを、一緒くたにしちゃおかしいぜ」

三十郎の返答に、大男が立ちはだかった。

「魚屋ふぜいが、生意気な口をきくな」

大男は言い放ったものの、土間に片膝をつかされた。三十郎の拳《こぶし》が、鳩尾《みぞおち》に捻《ね》じ込まれていたのである。

恥をかいた男女は出て行ったが、お福と三十郎はおしほの家に残ることにした。

たった今の話のあらましを教えてくれないかと、すわり込んだ。

話すおしほにしても、分からないことだらけのようだ。が、お福は少しも泣かない若女房を珍しいものを見た気になったようである。

「口入屋の勘が、働いたわ」

「尼だった女の勘なんぞ、当たるものか」

「魚屋は、お黙りよ。ここは女同士のほうがいいから、出てお行き」

「へいへい」

三十郎が出ると、戸が閉められた。

それにしてもと、三十郎は独りには広い部屋で仰向《あおむ》けになって考えた。

江戸っ子の人情長屋とは、勝手に付けられた名でしかなかったのである。なるほど貧しい連中があつまってはいるが、助けあうことは小さなことでしかないと思えてきた。

醤油や味噌の貸し借りはしても、親身になって尽くせるはずがあるとは思えなかった。明日の稼ぎさえ覚束《おぼつか》ないとなれば、隣人は他人となってしまう。

隣がなにをし、どんなことを考えているかは覗き見たい。が、こっちの腹の内は探られたくないのだ。

——よほど俺のほうが、あけっ広げかもしれねえ。

能天気な自分が、少しだけ誇らしく思えてきた。

幕臣であるとの矜持《きょうじ》は失せてはいないものの、早くも魚屋の三公と呼び捨てられても怒る気にならなくなった。

八丁堀の組屋敷にいたとき身につけた江戸ことばが、気持ちよく出はじめている。

口がわるいのは生来だが、町なかに暮らすと抑えが利かなくなっていた。

町人髷《まげ》も、似合っているらしい。銭の心配はあるが、どうにかなるのが江戸の町家暮らしのようだ。

が、与力ではなく与力見習だったのは、少なからず応えた。江戸に戻ったとき聞いてはいたのだろうが、迂闊《うかつ》にも与力となったと舞い上がっていたのである。

「遠山金四郎ってお人も、今の俺と同じだったのかなぁ」

仰向けのまま両手を頭の後ろにまわして、天井を眺めた。

鼠《ねずみ》の小便《し》が染みをこしらえているかと見たが、貧乏長屋には鼠の食べる物もないらしく、汚れ一つなかった。

長屋から人の出て行く音がして、顔を出した。

口入屋お福が、おしほを伴って行くのが見えた。

働き口を見つけられるならいいが、亭主の玉之介が古女房から守ってやれるのかどうか。これは大家にも関わることとなる。

鬼と化した古女房が、黙って引き下がるとは思えなかった。三十郎は一緒にいた男に、剣突《けんつ》くを食らわせたのだ……。

「ごめんなさいまし。大家さん」

くぐもった声は、按摩《あんま》の粂市だ。

「粂さん。どうなすった」

「ちょいと知っておいていただこうと、お手引《てひき》を連れて参りました」

按摩も稼ぎのよい者だと、手を引いてくれる者が雇えた。多くは子守あがりの小娘だが、粂市の横にいたのは色白の若造だった。

「わたくし、寛吉《かんきち》と申します。粂市師匠のもとへ、通いで参ることになりました」

色白の若者といえば、紅梅長屋には親から勘当されたという徳松《とくまつ》がいるが、寛吉のほうがしっかり者に見えた。商家の手代と言っても信じられそうな、如才《じょさい》なさも併せ持っているようだ。

「大家さんに申しておかねばなりませんが、お手引というより留守番でございます」

「ほう。床下の甕《かめ》の、番人ですか」

「――――」

図星だった。見えない眼を動かしながら、粂市は精いっぱいの作り笑いを返してきた。

「今夜より留守番、と申しましても居眠りをしておるかもしれませんが、よろしくご承知おきねがいましょう」

ふたりは丁寧に頭を下げ、建てつけのわるい戸を閉めた。

風は止《や》んでいた。東の空に上りつつある月あかりが、冴えざえと射し込んで戸障子を明るませていた。

四　賭場《とば》屋敷

一

玉之介《たまのすけ》が向かった八王子での応対が、芳《かんば》しいことはなかった。誠心誠意ことばを尽くして申し開いたが、離縁を押し止《とど》められた。

「おつやは確かに気の強い、わがままな女ではある。が、人さまに迷惑を掛けたというものではあるまい。子どもたちも大きくなったのだし、夫婦にとってはこれからが楽しいのじゃないかね」

年老いた岳父《がくふ》はなにを今更といって、娘である玉之介の女房おつやとの別れ話を笑いながら承知しなかった。

恥ずかしながら若い女と恋仲になりましたのでとも言い、裸一貫で放り出されても仕方ありませんと頭を下げたが、大笑いされた。

「なんだね、女の一人や二人。おまえさんの、甲斐性だ。小さな家でも与え、ときどき通うくらいがいい」

古稀《こき》になる岳父を、玉之介は娘婿《むすめむこ》として、悲しませたくないとの気持ちが勝ってしまった。しかし、料理屋浜惣《はまそう》を追われたことまでは、口にできないでいた。

店の銭《かね》に手を付けたわけではないが、大番頭《おおばんとう》として百両の紛失は不始末となる。とはいえ、八王子の岳父に泣きつくことで、元の鞘《さや》に納まれることではあった。

それをよしとしなかった玉之介であり、一にも二にもおしほに辛い目を見せたくなかったかのはいうまでもない。

年若な娘に、無様《ぶざま》な自分を晒《さら》したくなかった。一から出直したかった。ほんとうに生きようとしたかったのだ。

「ひと晩、ゆっくりと考えれば分かろう」

岳父のことばにうなずいて見せ、玉之介は奥の客間に休んだ。

が、眠れるわけもなく、眼を腫《は》らして朝を迎えた。離縁したいとの気持ちは、より強くなっていた。

朝の膳が済んでも、前日と同じやり取りとなった。

呆《あき》れたのか、岳父は口も利かずに横を向いた。玉之介は深々と頭を下げ、絹問屋をあとにした。

その足で檀那寺へ向かい、入婿として住職に寺請証文《てらうけしょうもん》をと話したところ、首を振られた。

一方的な申請は駄目なのであり、岳父と夫婦が揃った上で認められるというのだ。

「江戸では引っつくのも別れるのも、面倒な手はずは取りません」

「ここは、武州《ぶしゅう》八王子。天領じゃによって、いろいろ厄介でのぅ」

煙《けむ》に巻かれた気もした玉之介だったが、できないものを曲げるわけにはいかないと、その足で出た。

甲州街道口となる内藤新宿に着いた今、暮六ツとなっていた。

「無駄足だったな……。土産ひとつ買ってない」

玉之介は自身を嘲《わら》った。

嫌な顔をされても離縁はみとめられるものと思い込んでいたし、帰り際に路銀の一分《いちぶ》くらいもらえるとも甘く考えていたのである。

とはいえ、江戸の匂いが近づいたことで、元気を取り戻せた。

——阿部川町《あべかわちょう》の長屋に、おしほが待ってくれている。

それこそが、生きてゆく上での張りあいだった。

引っつき合いでも、野合《やごう》でもいい。なんと言われようと構うものかと、東に上った月を見た。

旅の疲れを終《しま》い湯でと思った玉之介だったが、江戸は風が強かったようで、湯屋の暖簾《のれん》は外されていた。

もう師走、雪が散らつく季節である。去年の今ごろを考えてみたが、忙しがっていただけだったのが思い返された。

「鍋島家の御留守居役《おるすいやく》が、おしのびで長崎屋さんと五ツ刻《どき》にいらっしゃいます」

手代の報告に、客の名など口にするなと叱った。

「番頭さん。信濃屋さんは今年も師走の例会を、なさるんでしょう。あそこの旦那、しつこくて」

「それを巧く遇《あしら》うのが、女中頭《がしら》のおまえさんの仕事じゃないか。忙しいのだから、つまらないことまで言って来なさんな」

今の玉之介なら、そうした物言いはしないだろう。

「なになに、鍋島さまが長崎屋と。三十五万石も、上座にすわって銭の無心かね」

声を上げて、手代と笑いあうにちがいない。

「信濃屋の助平親父《すけべ》には、たんまりとお握り代を付けよう」

「お握りって、信濃屋さんにおむすびをお出しするんですか」

「女中の手を握るだろ、これがお握り一つ。一つ二十文《もん》、女中の人数に回数を加えればいい。尻を撫でられたら、尻餅五十文」

四角四面に穴なく働くより、くだらないと笑いながら楽しく仕事をするべきなのだ。

お客は大切。でも働く身とて大事なのではないか。

店のため、主人のため、それが知らない内に銭のためになっていた。そこに気づけた四十男が、今の玉之介だった。


今夜ばかりは、夕飯に困る三十郎《さんじゅうろう》となっていた。亀の湯では毎晩、賄《まかな》い飯のようなものにありつけた。が、大風の日ばかりは湯屋が閉められる。結果、食べられないのだ。

二軒分の長屋に暮らす三十郎の向かいは、商家の勘当倅《かんどうせがれ》の徳松《とくまつ》と、夜逃げ夫婦の幸次郎《こうじろう》おやえの二軒になっている。

小遣いをもらう徳松は、自炊をしないで一膳めし屋で済ませるらしい。

その隣の夫婦づれについては、大家《おおや》として話さえしていなかった。

長屋じゅうがあつまったときも、ふたり揃って顔を出したが、口を開いたのを見たこともない。

どのような経緯《いきさつ》で江戸まで来たものか、おまちたち女房連中もよく知らないという。

「だって、逃げてきたというのだもの、噂にのぼらせちゃわるいじゃないの」

匿《かくま》うとまでは言わないが、黙っていてあげるべきだとの理屈だった。

聞くところでは、三十郎が来る前の大家杢兵衛《もくべえ》が亡くなる頃のことで、満足な聞き取りをしないまま入居してきた上、なにをして暮らしているのかも分からないとのこと。

紅梅《こうばい》長屋に来て百日と少し、井戸端に顔を出して女どもに挨拶はするが、立ち入った話はしていないらしい。

「したいとこなのよ、あたしたちも。けどさ、夫婦して暗ぁいの」

助十《すけじゅう》の女房おくみが目を細めて、顔をしかめた。

人の心に土足で入ってくる長屋女房でも、踏み込めない夫婦のようだ。

いっとき町奉行所の語り草として、夫婦者の話があったのを思い出した。

俗に、薩摩《さつま》飛脚《びきやく》と呼ばれていた者である。

九州まで為替《かわせ》なり手紙を届ける飛脚ではなく、幕府が薩摩に放った間者《かんじゃ》のことで、みな伊賀者《いがもの》だった。

「外様の島津は琉球支配に密交易も含め、なにをしているか分からんであろう。そこで間者と見破られぬように、幕府は夫婦で送り込んでいたのだ……」

古参与力が、配下の同心たちを前に話していた。

「ところがである。毎年のように送り込んだはいいが、消息不明。去年の二人を見て参れ、分かりましたと次の夫婦が行く。これも帰らない」

「影の者と知られ、消されましたか」

「分からん。しかし、一人や二人くらい逃げ帰っても、よさそうだとは思わぬか」

並の武士より優れた術を用いる伊賀者が、やすやすと殺されたり捕まるとは思えないとの話だった。

それを思い出した三十郎は、夜逃げ夫婦を外様藩が送り込んだ間者ではと考えてみた。

——幕府がやることの逆を、大名家もするはず……。

働かずに三食、着ている物に垢《あか》じみたところがない。そしてなにより、亀の湯ではない湯屋に通っている夫婦なのだ。

——この俺を与力くずれと知ったことで、遠ざけている。

三十郎は役人として、幸次郎夫婦を見張るべきとの思いに至った。

見張るといっても、戸の隙間《すきま》から様子を覗くのは子どもじみている。与力であるより、大家らしく振るまうべきと外に出た。

寒々と冬空を照らす月を見上げ、三十郎は向かいの長屋の戸を叩いた。

すぐに返事はなかったが、少し遅れて低い声が返ってきた。

「どちらさまで」

「向かいの大家だ」

「今、開けましてございます」

亭主の声だ。上方から出てきたというのに、ことばづかいが関東ふうに聞こえる。

中から戸が開けられたものの、家の中まで暗かったのが、怪《あや》しさを感じさせた。

「これはこれは大家さま、今どき何か」

「何と問われるほどの話ではないが、長屋を預かる身として知っておきたいこともあるのでね」

幸次郎の背ごしに行灯《あんどん》の火が入ったようで、明るくなった。

「えっ」

おどろきの声が、夫婦から上がったのも無理はない。侍と言われていた大家が、町人の魚屋ふうを見せるばかりか、太い眉が失《う》せてしまっていたのである。

「いやなに、拙者にも務めがあってな……」

「正直者でございますね、紅《くれない》さまも」

「ん、まぁな」

愚かな与力見習は、早々に馬脚をあらわしてしまったようだ。

となれば正面から堂々とと、三十郎は敷居を跨いで中に入った。

「寒いゆえ閉めましょうか」

長屋連中に聞かれたくないことがあるにちがいなく、四十男の亭主は周りをうかがいつつ戸を閉めた。

――怪しい……

裏長屋に暮らす者がおこなう仕種《しぐさ》とは思えず、三十郎は訪ねた甲斐のあった気がしてきた。

「なにもございませんが、粗茶など」

女房おやえも、上方訛《かみがたなま》りがうかがえない。そればかりか、妙に格式ばったところがおかしいのだ。

江戸でも上方でも、長屋の女とは総じてあけっ広げなものである。たとえ三十郎を与力と見ているとしても、ぎこちなさが見えていた。

――やはり、何かありそうだ。

四畳半の部屋も、夜具が片隅にきちんと畳まれ、雑然としていないばかりか、物が少なすぎる。

入口の竈《へっつい》の上に鍋釜は一つもなく、その脇に湯呑が一組。箪笥《たんす》などあるほうが不思議な裏長屋だが、着替えとおぼしき物すら見られなかった。

「大家として知っておきたいが、引越して百日ばかりとはいえ、物が少なかろう」

「はい。夜逃げ同然に出て参りましたゆえ、手鍋ひとつございません。着替えは夏と冬に質屋で取り替え、三度の食事と申しても二度を外で済ましておる次第です」

「百日ものあいだ、銭の工面はできておるのか」

「夫婦して魚河岸《うおがし》の下働きを、毎朝」

夜の明ける半刻《はんとき》ほど前に長屋を出て、午《ひる》まえには戻ってくると答えた。

「ひとつ訊《たず》ねたいが、上方より逃げて参ったとは偽《いつわ》りか」

「………」

顔を見合わせた夫婦だが、返答に窮しているのは明白だった。

「先刻より聞くことばは、上方訛りとは程遠いもの。正直に申せ」

さもないと出るところに追い立てることになるぞと、三十郎は強面《こわもて》をつくった。

二人とも黙ったまま、うつむいている。その様子を見る限り、外様大名が放った間者とは思えなくなってきた。薄明かりの中でも、動揺しているのが手に取れたからである。

「申し上げます」

幸次郎が口を開いた。観念した顔を見せ、女房おやえに同意をうながす目を向けた。

「隠すも隠さないも、おやえは品川宿の妓楼《ぎろう》で働いておりました女です」

「女郎屋より、足抜けをしてか」

「いいえ。ご覧のとおり、薹《とう》が立っております。品川宿で、遣手《やりて》をしておりました。もっとも、それ以前は見世《みせ》に出ていた女ですが……」

官許の廓《くるわ》である吉原でも、私娼窟《ししょうくつ》の岡場所でも、身を売る女は総じて早死とされていた。たいていが、胸を患《わずら》ってしまうのだ。

ところが、稀に頑丈な遊女がいた。胸のわるい客から伝染《うつ》されず、また瘡《かさ》とか横根《よこね》と呼ばれる下《しも》の病《やまい》にも罹《かか》らず、年季を終えてしまうのである。

本来なれば寿《ことほ》ぐべきなのが、一人として実家に戻れる女はいなかった。親兄弟のために身を沈めたというのに、女郎の出戻りなど知らぬと引き取らないのだ。

といって、旅籠《はたご》でも料理屋でも女郎あがりを女中に雇おうとするところはない。

仕方なく見世に残り、働くことで遣手となった。

客との掛け引きから、遊女たちをそれとなく見張る役だが、誰からも嫌われるのが遣手という仕事とされていた。

「あたしは品川の磯見屋《いそみや》という見世の常連客でして、遣手だったこの女を気の毒に思い、連れ出したのでございます」

「なれば、足抜けではないか」

「とんでもねえ。年季が明けたとの証文は、このとおり」

後生《ごしよう》大事に取出したのは、紛《まぎ》れもなく七年もの年季明け証文だった。よく見ると、おやえは四十近くになるものの、女っぽさが残っていた。ぎこちない仕種は、女郎にありがちなかたちだったようだ。

女房連中と付き合わないのは、元女郎との負い目からだろう。また朝早い仕事をしているのも、うなずける。

世間知らずの大家は、また少しだけ世の中を知った気になった。

グゥと腹の鳴るまま夜具の中にもぐるしかなく、三十郎はすごすごと中年夫婦の家を出た。

二

翌朝、三十郎が目を覚ましたときはもう、向かいの夫婦は日本橋の魚河岸《うおがし》に出掛けたあとだった。

夕飯を食べていない身に、朝は辛すぎた。一刻も早くと、亀の湯へ急いだ。

——朝餉《あさげ》の相伴《しようばん》に、あずかろう。

表へ出たとたん、見知らぬ男ふたりに出くわした。

「この長屋の大家たぁ、手前《てめえ》か」

「左様だ」

「魚屋ふぜいが、左様とは開いた口がふさがらねぇ」

「さ、魚屋……」

そうだった。奉行所の影目付《かげめつけ》は、魚屋の姿になっていたのを思い出した。

「威勢がいいのは魚屋らしかろうが、うちの者《もん》に拳《こぶし》をぶち込むとは赦《ゆる》せねぇ」

いきなり一人が胸を突いてくるのを、三十郎は足払いを掛けて仰向《あおむ》けに倒してしまった。

「て、手前っ」

もう一人が頭から突っ込んでくるのを、首根っこを押えつけて柱に打ちつけた。

ゴン。

音もよかったが、梁《はり》でつながる安普請《やすぶしん》の紅梅長屋は大きく揺らいだ。

「おぬしらのために、長屋を倒すわけには参らぬ。乱暴はいかん、乱暴は」

言いながら、仰向けに倒れている男を見下ろした。

見るからに与太者《よたもの》っぽい男たちは、どうやら昨日おしほのところへやってきた権高《けんだか》な若婆《わかばあ》さんの、用心棒仲間らしい。

「朝っぱらより、ご苦労なことだ。誰に雇われた」

三十郎は下駄で、倒れている男の顔を踏んずけた。

「昨日の若婆ぁに頼まれたのだろうが、どこの誰である」

下駄をずらすとギュウと音がして、仰向いた顔から鼻血が出た。

「ク、クゥ」

苦しくて話せませんと、降参をした。

「さて、婆さんの名は」

「八王子、絹問屋の娘だったお人。今は、この長屋の玉之介の女房おつやって女です……」

世事《せじ》に疎《うと》い三十郎であっても、昨日の様子からなんとなく察することができた。

玉之介は娘といい仲になり、女房を捨てたのだ。

「おれでも別れたくなるぜ、あんな鬼婆ぁとは。執念なのか、焼き餅にもほどがあろう。焼きすぎて、焦がしてらぁ」

「まったくで……」

「柱に頭をぶつけて目をまわしておる男を連れて、おつやとやらへ伝えろ。亭主はもう、元の鞘《さや》には戻らねえとな」

男ふたりは、すごすごと出て行った。

三十郎は亀の湯へと、腹の虫が鳴るまま長屋をあとにした。

亀の湯で朝めしにありつけたのは、女中たちの計《はか》いによるものだった。

はじめは横柄《おうへい》な元役人と思われたようだが、どうやら猿若町《さるわかちょう》へ来年から加わる上方の役者らしいと噂されはじめたからである。

「江戸に早く来すぎちゃったのね、三ちゃん」

「えっ」

「空惚《そらとぼ》けたりしてぇ、やぁだ。新春興行から加わるんでしょ、市村座に」

「おれが市村座の舞台へ上がると、誰が」

「聞いたわ、床山《とこやま》の伊《い》八《はち》さんに」

「あの鼬《いたち》野郎、猿若町の者だったのか」

「二日にあげず、髪をやりに来るって言うんだもの。あんた、看板役者になるんだわね」

湯屋の主人吉兵衛《きちべえ》がやって来て、相好《そうごう》をくずしながら煽《あお》った。

「おまえたち。三公《さんこう》を、いや三十郎さんを大切にすれば、市村座の楽屋へ挨拶に行けるかもしれないぞ」

「ヒャッ、嬉しいっ。そしたら、紀伊国屋《きのくにや》さんにも会える？」

「三十郎っていうのは、もしかして二代目の関《せき》三十郎になるの？」

尾張屋が屋号の、重鎮役者だ。

考えるまでもなかったのは、朝餉の膳が豪華にすぎたことである。

鯛《たい》の刺身、鯉《こい》の味噌汁、昆布〆《じめ》の鮭《さけ》までが載っていた。有難すぎて、あとが怖くなってきた。

「お役者じゃなく、ただの御家人だってさ」

ばれたとき、騙したわねと雑巾を投げつけられ、湯をかきまわす板で叩かれてしまう。

奉行所の役人であっても、将軍お目見得《めみえ》となる旗本ではない。ましてや、三十郎は与力見習だったのである。

冗談にも限度がと吉兵衛に言おうとしたところへ、客の到来が告げられた。

「三十郎さんへ、お侍さまがいらっしゃいました」

釜焚《かまた》きの爺《じい》さんに三十郎を名指しで侍がと言われ、先刻の与太者どもの用心棒かと身構えた。が、人の多い湯屋へ仕返しに、やって来るだろうかと、考え直した。

暖簾《のれん》が掛かる前の入口に立っていたのは、内与力《うち》の高村喜七郎《きしちろう》だった。

忘れられていないのだとの嬉しさに、三十郎は笑みをこぼした。

「おはようございます」

「……。紅三十郎は、まだ来ておらぬようだな」

「いいえ。わたくしが紅で――」

言ってみたところで、三十郎は頭に手を当てた。顔にも手を当て、今朝は眉を付けて来なかったのも思い出した。

自分で鏡を見てもおどろいたほどの顔を、喜七郎が分かるはずもなかった。

「高村さま、どうぞ中へ」

湯屋の脱衣場に招き、番台の座布団を降ろして内与力をすわらせた。おどろきのあまり、卒倒しないようにである。

炭箱から小さな炭の二本を額《ひたい》に当て――

「ん、んん？　紅なのかっ」

「左様でございまして、影目付の御役《おやく》をまっとうすべく、変装を致しました」

「げへっ。まこと、紅三十郎であるのだな」

「いかにも」

喜七郎はバッタリと手をつき、大きく首をふった。

「信じられんな。いったい何があった」

「何がと仰《おお》せられましても、口幅《くちはば》ったいとは思いますが、若かりしころの遠山金四郎さまになろうと考えました次第。影目付ですから」

「影目付とは、誰も申しておらん」

「存じております。町人のおるところで、目付のなんのとは口に出せませぬ。して、本日の用向きは」

「うむ。南町へ訴えごとがあった。おぬしが差配する紅梅長屋の住人に、盗《ぬす》っ人《と》がおると」

「盗っ人との訴えとなりますと、五両、十両ですか」

「百両である」

三十郎の頭をよぎったのは、幸次郎おやえ夫婦であり、訴えた相手は銭《かね》を蓄《たくわ》えている粂市《くめのいち》だった。

「按摩《あんま》が床下の百両を、盗まれたと訴え出たのですね」

「ちがう。日本橋人形町の料理屋が、番頭をしていた玉之介と申す男を訴え出たのだ」

「………」

思い出した。長屋の勘当息子徳松《とくまつ》が、玉之介を日本橋の料理屋浜惣の大番頭に似ていると言ったのである。

玉之介は小娘おしほに惚れたことで、余生をやり直したくなった。が、四十半ばになる身には、多くの厄介ごとが尾鰭《おひれ》となって付いてくるはず。

鬼の古女房が、離縁をみとめない。一流の料理屋の番頭としても示しがつかないとなって、浜惣の主人も首を横にした。

「うちの信用がなくなるではないか。小娘に大番頭が丸め込まれたとされて」

それでも玉之介は、古女房と別れたかった。なにより若い女と所帯をもちたいと望んだ。

〝畳と女房は、新しいに限る〟

けだし名言である。百両を懐《ふところ》に、玉之介は店を出たにちがいない。

「百両もの銭となれば、内済《ないさい》にて捌《さば》くわけには行かぬでの」

「分かりますね、わたくしにも捨てたい古い女房がおります」

「紅も、離縁したいと申すか」

「高村さまも同じ、でございましょう」

「――――」

互いの目が合って、ふたりの話は途切れた。

「やはり畳は毛羽《けば》だっても、古漬けの妻は我慢できません、よね？」

「おぬし、市中に出たことで成長したな」

「成長と申すのは、いささか……」

「なれば正直になったと」

「元より真面目な侍と任じておりましたが、正直と申すのは江戸では馬鹿に通じる者とされております」

「確かに馬鹿、というか間抜けではある」

「あの、わたくしへの用向きは――」

「そうであった。浜惣の訴えを取り上げるにあたり、お奉行が躊躇《ちゅうちょ》されたのだ」

「遠山さま一流の、いつもの勘ですか」

「世事に長《た》けたお方なれば、これには裏がありそうだと仰せになり、番頭だった玉之介を調べたところ紅梅長屋、すなわち紅三十郎の名が浮かんで参った」

喜七郎は、八王子の絹問屋が玉之介の岳父《がくふ》であり、おつやという女房の良からぬ行状も調べ上げていた。

そこに三十郎は、長屋への押し掛け話を加えた。

「初老となる玉之介にしてみれば、料理屋からお払い箱となり、新しい畳に入れ替えるには銭がかかりますからねぇ」

「左様。だが百両もあれば遠い地にて、新所帯《あらじょたい》をもてることになるはず。ところが、ふたりはなぜか浅草阿部川町の裏長屋に入った」

玉之介が博打《ばくち》に狂い、それを返済したというなら分かるが、賭場《とば》に出入りしたとの話も出てこなかったと喜七郎は付け加えた。

「となりますと、消えた百両の行方が肝《きも》となりますね」

三十郎が顔を突き出すと、喜七郎は傍《そば》へ寄るなと手で制した。

「おまえな、その眉の無い面《つら》で言い寄ってくるのはやめろ。陰間《かげま》に誘われているようで、なんとも気味がわるい」

「陰間に、わたくしは見えますか」

「うむ。二十歳前の若者ならいざ知らず、三十男のおまえでは……」

「自慢ではありませんが、これでも上方くだりの役者とされております」

「うそだろっ。八丁堀の野暮天《やぼてん》、武州秩父《ぶしゅうちちぶ》の田舎侍と陰口を叩かれておったのだぞ、紅は」

「江戸の水にて、洗い直したのです」

「人の本性が、十日やそこらにて変わるものか。おまえが江戸市中に合わせられたのは、荒いことばづかいだけであろう。ちがうか」

「ごもっともと、ひとまず申し上げます」

「なんであれ玉之介の行状を、今しばらく監視し、異変あり次第わたしの方へ伝えてくれ」

「夜逃げをされませんか」

「愚か者め。逃げるような者なれば、市中の長屋に潜《ひそ》んだりはせぬ。気になるのは、ふたり揃っての心中だ」

奉行所の内与力は、眉なし男は見送らんでよいと、出て行った。

追い詰めれば、自死をする。三十郎は近松浄瑠璃《ちかまつじょうるり》の心中物を、玉之介おしほに重ね合わせた。

恋文の代書屋として岡場所に出入りする玉之介だったが、ときに仕事の邪魔をされた。

いつもは女郎が勝手口にあらわれ、客への付文《つけぶみ》を頼むのだが、見世《みせ》の男衆《おとこし》が出てきて書きはじめた紙を取り上げてきた。

「こうした物のやり取りは駄目だと、その筋からお達しがありましてね」

「………」

有無を言わせない力で、取り上げた紙は破られた。

それでも歩く限り注文はあり、稼ぎも前と変わらなかった。帰れば若い恋女房が待っているとの気持ちが、玉之介の励みとなっていたのである。

一度だけ、おしほの片頬が赤く腫れていた晩があった。

「どうしたのかい」

「物干しに腰巻を掛けたら強い風が吹いて、濡れた腰巻に力いっぱい……」

おしほは笑って照れた。その顔がまた、玉之介の男を奮い立たせた。

若女房はこのところ、生き生きとしていた。口入屋《くちいれや》のお福が、おしほを連れて働き口を探しているのだ。

「まだ、これと言って出先は決まってないんです。でも、みなさんが褒めてくれて」

嬉しそうに一日の仕事ぶりを口にする女房は、もう小娘ではなかった。

出先というのなら、料理屋とか得意先の多い問屋だろう。

「どこでも気に入られるのが、おまえさんの気立ての良さだ。うんと可愛いがられるといい」

玉之介は自分の選んだ女房を、信じた。

持ち運べる書台を畳み、帰ろうとしたときだった。

「人形町浜惣にいた番頭、玉之介さんでございますね」

知らぬ男に声を掛けられたが、逃げようとは思わなかった。浜惣の客かもしれない。しかも玉之介に、後ろ暗いことはないのだ。

「ひと月ほど前まで、浜惣におりました。お客さまで――」

「客じゃありません。少しばかり銭《かね》の融通をしている者の手代をしておりましてね……」

ことばに刺《とげ》はなかったが、腹の底に届く声は高利貸特有のものだった。料理屋の番頭の、勘である。

「どのような用でしょうかな」

「浜惣の銭箱《ぜにばこ》から、百両もが失《う》せましたのはご存じのはずですよね」

「わたしが盗ったのではないと、主人をはじめ皆が承知しております」

「はい。江戸の浜惣といえば、知らぬ者なしの大料理屋。百両の穴くらい、痛くはありません。が、律儀なお人がいらっしゃいましてね。八王子の絹問屋さんなのですが、知っておられましょう」

「――――」

「その八王子の旦那が耳を揃えて百両、浜惣のほうへ返済いたしました」

失せた百両をどんな経緯《いきさつ》で知ったものか、八王子の岳父は婿《むこ》の不始末として肩代わりしたという。

岳父の早合点なのだが、不況となった今の絹問屋にとっての百両は大きいはずだった。高利貸を頼って工面したようだが、借銭《しゃくせん》の請人《うけにん》の中に玉之介の名も入っていますと言われた。

「百両もの肩代わり、わたしには」

「ほんの十両ほど、あなたさまの分となっております」

「…………」

料理屋の大番頭のころならまだしも、代書屋稼業の玉之介にとって、十両はあまりに重すぎた。

「わたしには、どうしてよいやら見当もつきかねる。ご覧のとおり、恋文の代書屋です」

「あなたさまに、人足になってもとは申せません。ひとつ相談ですが、打ってつけの仕事がございましてね」

人相風体《にんそうふうてい》のよろしくない者とは見えず、玉之介は歩きだした男に従った。

深川の岡場所から北へ少し行くと、本所の武家屋敷街となる。ところどころに立つ常夜燈《じょうやとう》の火は心もとなく、人も犬も見かけられない夜だった。

案内されたのは大名の下屋敷で、名は伏せられた。よく耳にしていたが、大名家は賭場《とば》として中間《ちゅうげん》部屋を、知らぬふうを装って貸しているのだ。

町方の役人が入れないことと、広いことで音が洩れないのが適している。裏門の木戸で合言葉を、裏庭の枝折戸《しおりど》でも厳重な身改めをされ、玉之介と男は賭場に足を踏み入れた。

師走というのに、熱気が伝わってきた。

「まちがっても、ご自身が賭けをしてもらっては困ります。あなたさまの仕事は、勘定勝手方《かんじょうかつてかた》吟味《ぎんみ》とでも申しましょうか。帳場の後ろで、お客の人品定めをしていただく役です」

「客の人品を、わたしが」

「はい。ここの客筋は大店《おおだな》の主人か番頭、浜物にいた玉之介さんのよく知るお方もいらっしゃるでしょう。となれば、あの大店なら大丈夫、この大店は左前と分かるはず。帳場が貸し出す木札に、こちらで加減ができます」

「知らないお方も多いはずだ」

「浜物に二十年余もいたのであれば、顔つきを見るだけで、店の浮き沈みは一目瞭然に分かると察しました」

「…………」

「あなたさまへは、月に一両二分《にぶ》。三日ごとに、賭場は開かれます。代書屋と同じ刻限に来ていただければ、よろしいのです。頼みましたよ」

返事を待つことなく、男は玉之介を置いて出て行った。

三

湯屋の番台ほど忙しい仕事はないと、三十郎は気づきはじめていた。

客の出入りはもちろん、脱いだ着物や履物《はきもの》の見張り、走りまわる子どもに、湯《ゆ》逆上《のぼ》せして倒れる年寄り、糠袋《ぬかぶくろ》を買う者もいれば、三助《さんすけ》を呼ぶ客も少なくない。

暮五ツまでの営業で、そのあいだ夕めしを摂ることはできなかった。

「三十郎さん、そんなに根《こん》を詰める仕事じゃありませんぜ」

目を皿にして番台にすわる三十郎を、主人の吉兵衛はここの力を抜いてと肩を叩いてきた。

「そうは申すが、人のものを失敬する輩《やから》はよろしくなかろう」

「誰でも湯屋に来るとき、一張羅《いっちょうら》を着てくる者はいないし、有り銭《がね》すべてを懐《ふところ》にしてくる人もいませんや」

「なれば、盗むがままでよいと申すか」

「ですから、加減です。塩梅《あんばい》てぇやつで、ときに厳しくねがいます。うちは二階がないだけ、楽できますよ」

男湯の二階は、半日いられる休み処《どころ》となっていた。湯銭と同じ八文《もん》を払い、二階へ上がる。そこでは軽い食べ物や菓子などが買え、碁将棋を指したり草紙が読めた。

「二階を役人として見廻ったことがあるが、昔は湯女《ゆな》と申すいかがわしい者が侍《はべ》ったと聞く」

「いかがわしいかどうかは、人によりましょう。今じゃ三助は男ですが、女に体を揉ませるのもわるくありません」

「なにを申す。湯の子《ゆのこ》とか称す出来あいの子を孕《はら》ます不届きが出るのは、湯屋の罪だろう」

「湯の子があると、おまえさま信じますか」

「無理やりに女を組み敷く不埒《ふらち》な男が出るのも、湯屋じゃないか」

三十郎のことばに、吉兵衛は口を半開きにして見返してきた。

「いつの時代の話か知りませんが、武州秩父の温泉処なら分かります。露天の湧《わき》湯《ゆ》で、そうなってしまうんですかね」

呆《あき》れた顔の吉兵衛は、湯の子とはことばだけのもので、ほんとうは娘が承知の上で男に身を任せた末のことだと言い切った。

大勢がいる江戸の湯屋で、たとえ夫婦者がそうなったとしても止めるのが作法だし、そんなみっともない野良犬もどきをする者など、市中にはいないと言い添えた。

「まだ十日もたってないが、実は湯の子を一番気にしておったのだ……」

「昔とちがい、男湯女湯は隔ててあります。それとも三助がと、考えましたか」

「いや……」

「であるならば、そこの男の頭を押し返しなされ」

吉兵衛に言われ、三十郎は番台へ亀のように首を伸ばした男の頭を張った。

パシッ。

「覗きはご法度《はっと》。なんだ、おまえは長屋の寅蔵《とらぞう》じゃないか」

「大家といえば親も同然でしょ。子どもが来たんだ、見るだけなら減るものじゃなし――」

「よし。今日は大目に見てやろう」

三十郎は満面笑みとなった寅蔵を番台に引き上げると、女湯を見させた。

「ば、婆《ばあ》さんの日っ」

「なんなら三助として寅蔵、ご機嫌うかがいをしてみるか」

「止《よ》します。明日もう一度、次は見物代も払います」

「馬鹿っ」

今日もなにごともなく、終《しま》い湯となった。

――このわたしに、なにができるだ。

結界《けっかい》とも呼ばれる帳場格子《こうし》の後方、暗いところに玉之介は小さくなってすわっていた。

見るからに羽振りのよい大店《おおだな》の番頭とおぼしき四十男が、こともなげに十両を木札に換えて盆茣蓙《ぼんござ》のほうへ消えてゆく。

帳場を仕切る代貸《だいがし》が玉之介を振り返って、今の客はと目で問い掛けた。

玉之介は黙って、小さくうなずいた。

小判の扱い方を見て、両替商だろうと思った。

真っ白な晒布《さらし》を一面に貼った盆茣蓙では、とっくに丁半が始まっている。

今の客は遅れて来たようで、あわてて客座に割り込んだ。

「二両を、半っ」

一人前になった職人が、ひと月で稼げるかどうかの二両を惜し気もなく打つ。

馴れてしまったのか、一両小判が軽くなっているらしい。

——昨日までのわたしであれば、同じことをしたかもしれない……。

人のふり見てとは、このことだった。

壁際にもたれていた客が立ち上がって、帳場にやってきた。胸元をダラリと開け、あごが上がっている。

負けつづけて、オケラになったのだろう。代貸の前で、片手を拡げて頭を下げた。

「五両ですね」

貸元は無表情で五枚の小判を出し、客を送り出した。

なにも言わない玉之介を、代貸は片眉を上げて覗いてきた。貸して大丈夫なのかとの問い掛けだ。

玉之介は、ゆっくりとうなずき返した。自分でも信じられなかったのだが、料理屋浜惣を贔屓《ひいき》にしている神田橋の呉服屋の伜《せがれ》だった。

父子して浜惣に上がり、得意先をもてなしていた。玉之介が最後に見たのは夏の終わりだったが、まったくの別人に思えた。

親父のほうは堅物で、伜の不始末に五十両くらいなら出すだろう。が、その先は知らない。玉之介は小声で問う。

「今のお人へ、どれほど貸付けてますか」

「ざっと三十五」

「では、あと十両までにねがいます」

玉之介の答は代貸の頰を弛《ゆる》ませ、大きくうなずかせた。

かつての贔屓先の呉服屋を、没落させないための仕事と割り切るしかなかった。

半刻《はんとき》ほどして、賭場はお開きとなった。遅れてきた客も、呉服屋の倅も負けたようである。

賭場の三下奴《さんしたやっこ》が、夕餉《ゆうげ》の膳を運んできた。

「貸元が大喜びでして、吟味役さんには是非この先もと申しております。これは祝儀で、どうぞ納めてくださいまし」

一分《いちぶ》金《きん》が包まれているのが、指先で知れた。

——半年もせずに十両ほど。と、なれば御役《おやく》ご免になれるかもしれない。

出された膳は冷えていた。

終い湯となったところへ、髪結《かみゆい》の伊八があらわれた。

「聞いたぞ、鼬野郎《いたち》。猿若町の小屋で、裏方をしていると」

「へへ。よろしいじゃござんせんか、遠山金四郎ならぬ紅三十郎さんには、芝居ごころがなにより役に立ちます」

「鼬なれば目眩《めくら》まし、いや鼻眩ましか」

「相も変わらず、口だけは達者だ。一度くらい、伊八と呼んでほしいね」

「遺髪《いはつ》となると死んだ者、嬉しくなかろう」

「それを言うなら、衣鉢《いはつ》として下せえよ。芸道の奥儀、これを継ぐ者です」

伊八は言いながら、三十郎の髪を梳《す》きはじめた。

「が、こればかりは有難い。屁だけはするでないぞ」

「屁をするのが鼬ですから、息みます」

「止《や》めろ。分かった伊八、年寄りの一発は臭いから止《よ》せ」

「やっと呼んでくれましたね。伊八でございますよ、この先も」

ギュッと髪の元結《もとゆい》を摑まれたのが、気持ちよかった。

何枚かの櫛《くし》で、ていねいに髪を梳《す》いてゆく。これもまた頭の中まで、スッキリとした。

「ところで本日は、どういたしましょう」

「魚屋ではないのか」

「いろいろと、試したくなりましたんでね。小屋から持ち込んだ物があります」

岡持《おかもち》のような道具箱に、付眉《つけまゆ》をはじめ様々な物が詰まっていた。

「ほぅ。人を欺《あざむ》くための物であるな」

「欺くって言いようは、いけませんや。その気にさせる物と、仰言《おっしゃ》ってくださいまし」

「芝居者てぇのは、ああ言えばこう言うもんだ。で、魚屋でないなら職人か」

「いけませんや、手を見ればひと目で分かっちまう。魚屋ならまだしも、指物師《さしものし》でも植木屋でも手指が語るものですからね」

「なるほど。となれば物売りとか」

「物売りとなりますと、売り物を揃えなければおかしい。が、これは厄介です」

言いながら、伊八は剃刀《かみそり》を道具箱に戻してしまった。

「ん。月代《さかやき》を剃らぬのか」

「止めます」

「なぜだ。ここを剃ってもらうのが、サッパリとして気持ちよいのに」

「分かりますが、三十郎さんはお侍だ。といって、宮仕《みやづか》えの役人に仕立てるわけにはいきませんでしょう。となると、長屋住まいの浪人ですが」

　浪人は月代を剃る銭を惜しむので、伸びたまま。ところが、三十郎の髪はまだ浪人と呼ぶには短すぎると、頭をなでてきた。

「では、今日はどう致す」

　三十郎の疑問に、伊八は黒い布でできた被り物を手に取った。

「これなんですけどね、烏帽子《えぼし》の一つです」

「烏帽子なれば元服の折、頭に載せられた憶えがあるが、ちと異なるようだ」

「ええちがいますね、これは俳諧《はいかい》師なんかが被ります頭巾《ずきん》のようなもの」

　紗《しゃ》で織った帽子は三寸幅で、頭に載せるだけのものだった。

　鏡に映るのを見て、おかしくなってきた。

「昔の絵に見たというか、芭蕉や一茶がこんなのを被っていた。しかし、年老いてこそ似合うもの。この俺は、どう見ても俳句をひねる面《つら》ではない」

「あはは。まったくだ、下卑《げび》た川柳で笑いを取る幇間《たいこもち》ですな」

　知らぬまに湯屋の主人吉兵衛が、背後で笑いながら言った。

「下卑たとは、余計であろう。ましてや幇間になんぞ、この俺が見られるものか」

「いえ、幇間になれます。眉をこうして」

伊八が付眉を八の字に貼ると、間抜け面となった。

「………」

「でしょ。幇間となりますと、細い髷先を二つに割る。その代わり、月代は剃りますゆえ気持ちよいです」

「断わるっ。客というより銭に頭を下げる座敷芸人なんぞになるものか」

「偉い。それでこそ幕臣だ。吉っぁん、亀の湯の番台は江戸一番だ」

「だろう。今に出世なされたときは、入口に看板を掲げるつもりだ。紅三十郎さま奉公の湯」

「遠山さまには、そのような看板はないぞ。吉兵衛」

「ありますね」

「お奉行の出入りしたところがあるのか、伊八」

「江戸お府外ですが、高田馬場《たかだのばば》という地にある居酒屋は遠山さまでなく、中山安《やす》兵衛《べえ》腰掛の樽が人気だそうで」

「赤穂浪士の一人、堀部安兵衛か」

「浪士はいけませんや、今は義士と申します。若かりしころ仇討《あだう》ちの助太刀《すけだち》で名を挙げ、堀部家の養子に迎えられた武士の鑑《かがみ》の安兵衛さんが毎晩一杯やった店は、毎年討入りの日に表に出すんです」

「となると番台そのものが、祀《まつ》られるのだな」

「死ねば、ですよ」

「——。死んだあとか、俺の」

「安兵衛さんは主君の仇を討ち、見事切腹したお方。残念ながら遠山さまは、ご存命です。ゆえに、看板はございません」

「………」

気づかぬ内に、三十郎の髪は上のほうにまとめられ、帽子を載せられていた。

「これですと、髷を結わずに済みます」

「一句詠《よ》まずの、えせ俳諧師か俺は」

「無理だぜ、八っぁん。風流のふの字もねえもの」

「だよな。ならば、これも付けちまおう」

泥鰌髭《どじょうひげ》の付けものである。

「ますます胡散《うさん》くささが立つぜ。まるで大道の、易者《えきしゃ》だ」

吉兵衛のひと言に、伊八は小膝を叩いた。筮竹《ぜいちく》に算木《さんぎ》を取ってきましょうと、芝居小屋へ走って行った。

「この俺が、易者」

「似合ってます。分別くさい上に、妙な堅さが抜けきらない。押しつけがましい言いようも、占い師らしいや」

「しかし、易学など知らん」

「知らぬは、なにより。適当なことを、もっともらしく言い切るんです」

「だが、あとで当たらなかったと文句が出よう」

「考えようじゃありませんか、占いなんぞ。この際ズバリと、死相が出ておるなと脅す。ところが十日たっても生きているとなれば、わしが死相を解くまじないをしてやったと言えば喜ぶでしょう」

「呪術師《じゅじゅつし》ではないか」

「なんでもいいの、こんな商売。人助けの基本は、嬉しがらせることに尽きます」

「ほほう。嬉しがらせると申すなら、女湯覗きの者を番台に上げてよいか」

「結構ですな。やってごらんなさいまし、女湯から湯桶が投げつけられますよ」

「…………」

田舎侍はまだ、江戸のことば合戦に勝てないようだった。

四

紅梅長屋に帰ったところで、玉之介の若女房おしほに出くわした。

易者《えきしゃ》になった三十郎を、おしほは穴のあくほど見つめ、占いをなさるのですかと訊《き》かれた。

「まあ少しではあるが、学んでおった。どれ、見てしんぜよう」

三十郎はいい加減になることを、面白がろうとした。亀の湯で一杯、ごちになっていた所為《せい》もある。

「うかがって、よろしいのでしょうか」

「女房とは申せ、若いおまえさんが独り住まいの大家のところへ?」

「はい。あたし自身を、見てほしいんです」

亭主の玉之介は、料理屋浜惣に訴えられている。女房としては、嬉しくないはずだ。三十郎は玉之介の動向を知るにはいいと、おしほを招じ入れた。

行灯《あんどん》の火芯《ほしん》をいっぱいに上げ、まだ小娘の俤《おもかげ》が残る女房と対座した。

「手相でしょうか」

おしほの出す手が、思った以上にきれいなことにおどろかされた。

――毎日出てゆくが、水仕事でも針仕事でもないか……。

「いや、手は見ぬ。筮竹《ぜいちく》を揉み、この算木をこうして並べる」

適当な嘘八百をどう吐くかを考えつつ、三十郎は女を見込んだ。

田舎出の小娘だったはずの女に、色が立っていることにおどろいた。

目つき、眉の置き加減、ふっくらとした口元の濡れ具合、そして手指の仕種《しぐさ》。

どこを取っても、野暮《やぼ》な三十郎にも分かる色気にあふれていた。

思わず出たことばは――

「江戸の水に、洗われたな」

「えっ」

返ったことばは、洗われたの意味が分かりませんではなく、やっぱりそうですか、他所《よそ》でも同じことを言われましただった。

色を売る稼業となれば、芸者が思いうかぶ。しかし、昨日今日でなれるものではない。といって、夜鷹《よたか》まがいをしているなら、顔は下劣を見せるだろう。

三十郎は首を傾《かし》げながら、算木をいい加減に並べた。

「なにを見てほしい。亭主のことか」

「来年の、あたしです」

「はっきり申す。剣呑《けんのん》と出た」

「――。駄目というのでしょうか」

「駄目と決めつけるものではないが、苦労するぞ」

玉之介が訴えられているのなら、苦労するのは明白なのだ。それを三十郎は言ったのだが、おしほは微笑《ほほえ》んで見せた。

「苦労するだろうことは分かってるんです。でも、乗り越えられますよね」

「おぉお出ているぞ。暖かくなる時分には、思いが叶うとな」

「嬉しい」

晴れやかになった顔もまた、際立って輝いていた。

「ご亭主のほうも見るか」

「いいんです。あの、見料《けんりょう》――」

「長屋の者からは、いただかないと決めておる。いつでも参るがよい」

頭を下げた若女房は、肩にまで喜びを見せながら出ていった。

浅草寺界隈で水茶屋の看板女をしているのだろうかと、三十郎は色の立っていた残り香を嗅いだ。

翌朝、易者姿で亀の湯へ歩いてゆくと、声を掛けられた。知らない女で、ちょっと見てほしいという。

「路上ではできかねるゆえ、そこの湯屋へ」

亀の湯まで来ると、女が三人となっていた。

「おやおや、三十郎先生。もてますな」

吉兵衛に揶揄《からか》われた。憮《ぶ》然《ぜん》として、言い返した。

「場所を拝借いたす」

「どうぞ。みなさんは順に並んで、先生のお見立てを仰《あお》ぐように。お一人五十文《もん》となっております」

夜鳴き蕎《そ》麦《ば》三杯分もの見料に、三十郎は目を剝《む》いた。

——八卦《はっけ》が外れたら、殺されかねぬのだぞ。分かっておるのか、吉兵衛……。

どうしたことか、大道の露天に置く簡易台が脱衣場に出ていて、ここでやれという。

随《つ》いてきた女たちは吉兵衛に、もう五十文を払っている。

——上前をはねるつもりか。

湯屋もまた、商人であるのを気づいた。

それでも見た。三人とも亭主のことで、博打《ばくち》が止まないとか、呑むと手を上げるとか、女郎に瘡《かさ》を伝染《うつ》されたとの悩みごとを、診なければならなかった。

博打には、家の水甕《みずがめ》から遠いところに財布を置けと言った。銭《かね》が流れてしまうからと言い添えた。

酒呑みには、ズバリ別れろと言い切った。殴る男親を見る子は、ちゃんと育たないのだ。

瘡もちとなった亭主には、大根売りに薬を買ってきてもらえと助言した。練馬《ねりま》村《むら》の南蔵院《なんぞういん》は、梅毒に効く秘伝の薬を売っていると知っていたからである。

三十郎による、それなりの忠告だった。

吉兵衛が褒めた。侍にしておくのは、もったいないと。

「五十文と言いましたが、百文でも安いものです。いやぁ参りましたね、泥鰌髭に強面《こわもて》の顔は易者にピッタリだ」

「あつめた百五十文を、いただこう」

「ショバ代です」

「なんだ、それは」

「場所代と、簡易台の木口代《きぐち》」

「酷《ひど》い」

「そう仰言《おつしや》るのなら百五十文を、どうぞ。代わりに月締めの給金から、差し引きます」

「江戸っ子のすることか」

「なんですねぇ、目くじらを立てたりして。眼の中に鯨《くじら》は、入りませんでしょうに」

「分かったよ。その台を持って、今夜から外に出る」

「できませんですよ、土地ごとにショバ代を取られますし、当節は奉行所もやかましいですからね」

「奉行所なれば懇意だ……」

言ってはみたが、三十郎に本物の占いはできない。つまり、えせ易者とされて捕まるのは目に見えたからである。

本所の大名屋敷に通いはじめて、半月がたった。

玉之介の稼ぎはすでに一両と一分《いちぶ》、これは祝儀だけの勘定である。

——これなら月末《つきずえ》には、三両は固い。

皮算用だが、まちがいないと思えてきた。もちろん、十両を手にしたら足を洗う。晴れて、おしほと所帯がもてるのだ。

今夜もまた、賭場《とば》の客は三十名を越える盛況となっていた。どこで聞きつけてくるのか、新しい客が増えつつあった。

帳場の代貸《だいがし》にそれとなく訊《たず》ねると、不機嫌な顔をされた。どうでもいいだろうと言うのである。

「脅《おど》しますので」

「まさか。おまえさんに言ってもはじまらないが、蛇《じゃ》の道はなんとやらで、やりたそうな野郎は匂いで分かる」

「匂いますか」

「たとえば、おまえさんに声は掛けない。賽《さい》や盆茣蓙《ぼんござ》を見ても、目の色は変わらねえ。ところが匂う奴は、双六《すごろく》の賽と聞いただけで、尻のほうが痒《かゆ》くなるものだ……」

尻が痒くなるのがどういうことかまで、教えてはくれなかった。が、なんとなく類は友を呼ぶに近いと思えた。

盆茣蓙のほうは早くも熱いようで、それが帳場にまで伝わってくると火鉢《ひばち》を遠ざけたくなってきた。

「すみませんが、あと五両」

早々に負けの込んだ客が情けなさそうに、帳場で頭を下げてくる。

「申しわけござんせんが、昨日までの分を少しでも返していただかねえことには」

「ならば三両、いや一両でもいいんだ。それで返そうじゃないか」

「お帰りなさいまし。今日は、ツキがありませんのでしょう。改めてまた」

「薄情だね。ここへ来たばかりのときは、下にも置かなかったのに。たかだか五十両がとこだろ、今まで借りているのは」

「どうか、声を荒らげずに――」

「訴えるよっ」

ここへ来た初日に見た呉服屋の倅《せがれ》だったと、玉之介はすぐに気づいた。五十両をひと区切りと、言っておいてよかった。でなければ百両となり、一生を棒に振るだろう。

呉服屋の倅は、座布団を蹴って出ていった。代貸は出入口にいる男に、目配《めくば》せをした。

公儀《おかみ》に訴え出られては、賭場として立ち行かなくなる。そればかりか場所を貸す大名家にも、大きな迷惑が掛かるのだ。

あの客を脅すにちがいない。指の一本も折るか、前歯をへし折るか。なんであれ、貸した五十両を取り返すまでつきまとうだろう。

玉之介は立ち上がると、厠《かわや》と言って外に出た。

かつて番頭として奉公した者は、贔屓客《ひいききやく》父子を助けたくなった。というより、酷い目を見る若い倅を哀《あわ》れに思ったのである。

素早く先まわりして通りに出ると、件《くだん》の倅に背後から体当たりを食らわせた。

「な、なにっ」

大きな声を上げた倅は、よろけると道端を流れる竪川《たてかわ》に転がり落ちた。

ドボン。

向かいの屋敷から門番が出て、落ちた者を救うべく周辺の門番たちを呼び寄せた。

「どうしたっ」

「提灯《ちょうちん》をもってこい」

「溺れているぞ。早く上げてやれ」

大騒ぎとなった。

おもむろに賭場から出てきた男は、これを見て踵《きびす》を返していった。

玉之介は手水《ちょうず》をしたあと褌《ふんどし》を直しつつ、帳場の後ろに控えた。

師走の川は凍えるほど冷たかろうが、それで目を覚ましてくれたならいい。凝《こ》りずにまた通うようなら、呉服屋は潰れるだろう。

男は五十両を取立てに行くはずだが、わたしの知ったことじゃないと、玉之介は素知らぬ顔を通した。


翌朝、三十郎は三日目にして、易者を廃業した。

通りすがりの女に、声を掛けられすぎたからである。もてたわけではない。あまりに易者らしかったのだ。

「鼬《いたち》野郎を呼んで参れ、吉兵衛。これは嫌だっ」

付髭をむしり取った。

「いいではありませんかね、繁昌なんですから」

「嘘をつきつづけるのが、耐えられぬ」

「なんとまぁ真面目でございますな、三十郎さん」

「真面目の、どこが悪い」

「幼稚、空《うつ》け者と申したはずです。人を安堵させる嘘は、功徳《くどく》じゃありませんか」

「その功徳を与えるために、俺は汗をかきつづけておる」

「では床山《とこやま》を呼んで参りますが、芝居のはねる暮六ツすぎまで辛抱ねがいますよ」

「暮どきまでか」

言いながら帽子を脱ぎ捨て、まとまっていた髪を肩に垂らした。

「おやっ。総髪となりましたことで、道《どう》学者ふうですね。次は、学者で」

「…………」

番台にすわると、朝一番の女客がやって来た。

「あら、易者さんは？」

「世を儚《はかな》んで、湯舟に身を投げ死にましたな」

「――――」

つづいて来た女たちがざわつき、帰り仕度をはじめると、客が入って来なくなった。

「縁起がわるいと言って、客が来なくなるじゃありませんか」

「ざまぁ見ろっ。因果応報だな、吉兵衛」

番台の木札を鳴らしながら、三十郎は吠えた。


本所の大名下屋敷街は、いつになくひっそりとしていた。

逆に賭場となっている中間《ちゆうげん》部屋には、帳場の木札が鳴る中で大勢が犇《ひし》めきあっていた。新しい客もふえたようで、丁だ半だと声が高らかに上がっている。

帳場の銭箱は早くも二杯目となり、吟味役の玉之介への祝儀《しゆうぎ》が見込めそうな晩になった。

それにしても、ひと晩に百両から百五十両が行き来する大名賭場の上がりは、相当なものである。

俗に〝ピンを撥《は》ねる〟というのは、一割も利《り》を取りやがって阿漕《あこぎ》だという喩《たと》えから出た博打ことばだが、この賭場は二割五分《ぶ》も寺銭《てらせん》を取っていた。

それなりに懐《ふところ》の豊かな客であれば、構うものではないと玉之介は考えることにした。

先夜の呉服屋は、あれ以来あらわれない。行状がおさまったものか、父親に叱られたか。なんであれ、玉之介のしたことは役に立ったようだ。

「十両ばかり、用立ててほしい」

初顔の客だった。代貸はチラリと玉之介を見込んできた。

しっかりとした顔つきの札差の番頭にも思える四十男であれば、うなずくほかなかった。

こうした新顔の客は、前もってどこの誰と知った上で入れている。万に一つのまちがいもないはずだった。

銭箱から十枚の小判が出て、客が盆に戻ったとき——

「御用っ」

屋敷の庭先に、ときならぬ声が立った。

大名家に、町方の入ることは許されていない。聞きちがいかと耳を澄ましたところへ、もう一度——

「御用っ」

騒然となったのは盆茣蓙のほうで、白い晒布《さらし》の上に立った一人が、おどろいたことに紫房の十手をかざしているのが見えた。

——客の中に、町方。いや、侍がいた……。

よく見ると、十両を用立ててほしいと言った男だった。

——札差でなく、役人。

玉之介は見誤ったと思ったものの、遅すぎた。

「大目付池田筑後守さま下命による御用なりっ。神妙に、お縄につけ」

町奉行所の役人を従えた幕府の番士なのか、外から押しかけてきた捕方に一網《いちもう》打尽《だじん》にせよと命じはじめた。

一人として、逃げられなかった。怯《おび》える客はもちろん、代貸を含めた男たち、そして玉之介までが抗《あらが》うこともできずに召し捕られた。

五　踊り子

一

いつもと変わらず、江戸の町木戸が閉まる前に按摩《あんま》の粂市《くめのいち》は帰ってきた。留守番に雇われていた寛吉《かんきち》が、お休みなさいと言って入れ替わるように出て行ったことで分かった。

大家《おおや》の三十郎《さんじゅうろう》は、寛吉がどこに住んでいるか聞いてない。しかし、遠くないであろうことは知れた。町木戸が閉じれば、塒《ねぐら》に戻れないのである。

紅梅《こうばい》長屋を差配する者として、毎夜の見廻りは怠るわけには行かないことになっていた。

向かい奥に暮らす徳松《とくまつ》から順に、暗いなか粂市のように耳で見て廻ることにしている。

今まで気づかなかったのは、この長屋に子どもがいないことだ。独り者は当たり前ながら、騒がしくない長屋だと思った。

——子なし長屋か……。大家としては、楽かな。

八丁堀の組屋敷に残してきた子ども二人は、息災だろうか。

三十郎は男親の心情なるものを、はじめて覚えた。

八歳の娘と、五歳の倅《せがれ》である。ともに武州秩父《ぶしゅうちちぶ》の代官手代をしていたときに生まれたが、子どもとは妻女が育てるものだと省《かえり》みたことはなかった。

「五歳となる正月なれば、倅に剣術の手ほどきをせねばな」

一年ほど前の、今年の正月である。

「でも、あの子は師走の生まれですから、少し早いでしょう。暖かくなってからでよいのではありませんか」

妻女おりくに言われ、そうかもしれないと教えなかった。ところが夏を待つ前に、八丁堀へまさかの異動となったのである。

奉行所与力の仕事は馴れないことばかりで、江戸での倅への手ほどきも叶わなかった。

——ご同輩へ頼みおくべきであったか。いや江戸の組屋敷であれば、近い年頃の子がはじめておろうから……。

今日まで考えもしなかった我が子のことを、思いおこしていた。

長屋のどの家からも、灯《あか》りが洩れてこないと、踵《きびす》を返そうとした長屋の路地口まで来て、玉之介《たまのすけ》のところで小さな炎が揺れているのが戸障子に映った。

三十郎は長屋の端になる家の様子をと、聞き耳を立てた。

つぶやくような女の声は、おしほだ。なにを言っているのか分からないが、相槌も返事もなかった。

――若い女房だけか……。

厠《かわや》に人はいなかったし、夫婦が睦《むつ》みあっているとも思えない。とするなら、玉之介はまだ帰っていないことになる。

父娘ほどに歳は離れているが、上手く行っている様子の二人ではあった。

野暮《やぼ》なのだろうが、声を掛けることにした。

「夜分だが、よいかな」

「はい」

案の定、おしほ一人だけだった。

「ご亭主どのは、留守か」

「代書の仕事がつづいたようで、色里に泊まることになったのでしょう」

まったく妬《や》いていなさそうなのが、初々《ういうい》しく思えた。

「今までもあったのか、泊まるような晩が」

「はじめてですが、泊まる日もあると言ってました」

「仕方なかろう。客が廓《くるわ》の者なら、町木戸が閉まってても注文してくるものだ」

世馴れた玉之介であれば、三十郎が気づかうものではないと出ようとしたとき振り返った。

「つまらぬことを聞くが、そなた独り言を口にしておったであろう。呪いのような」

「えっ……」

「威《おど》したつもりはない。ただ、若い女がなにをつぶやくのかと、気になっただけである」

「独り言でも、つぶやいたのでもありません。小声で歌いました」

「唄であったのか」

遊芸に無縁だった三十郎であれば、その先を訊《き》くだけ野暮になるだろうと、若い女房の家をあとにした。

翌朝早く、亀の湯へと出ようとした三十郎は、奉行所からの使いを受けた。

「小伝馬町《こでんまちょう》の牢屋敷に向かってほしいと、高村さまより託《ことづ》かりましてございます」

内《うち》与力からとのことで、三十郎は急いだ。

歩きながら、八丁堀に暮らす妻女おりくを思った。

――武州の田舎者が欲を掻き、なんぞしでかしたのか……。

江戸の派手さに、おりくが不始末をしたのではと考えた。

在所育ちの女が好みそうな呉服に目が眩《くら》み、袖の下を取り込んだ。あるいは、配下の同心を侮《あなど》って無礼を働いたのではないかである。

――とした場合は離縁してもよいが、子どもはどうなる。

考えもしないでいた子どものことをふたたび思ってしまい、足早となっていた。

牢屋敷の門前に立つと、門番に誰何《すいか》された。

「ご用の向きは」

「南町与力の紅《くれない》である」

「たわけたことを、申すな」

上から下までを門番の目が移ってゆくのが分かり、三十郎は頭に手をやった。

「…………」

総髪のままであるなら、風がわりな学者としか見られまい。といって、房のある十手ひとつ持っていなかった。

「罪人との面会は、門脇《もんわき》の番所にて申し出るがよい。ただし許しが下りるのは、十日後になる」

「では、それで」

入らないことには何もできないと、三十郎は番所に顔を出した。

「もしや、紅さまで」

知った同心がいてくれて、助かった。

「おぉ山野井《やまのい》は、牢同心になったようだな」

「ちがいます。昨夜、賭場《とば》の手入れがございまして、南町が出っ張りました。紅さまは、道学者となられましたので」

「これには深い訳があってな。ところで、高村さまに呼び出されたのだが、中にいらっしゃるのか」

「昨夜より、おられます。どうぞ、こちらへ」

通されたところは牢奉行の客間で、高村喜七郎《きしちろう》は脇息《きょうそく》にもたれて居眠っていた。

「紅三十郎にございますっ」

「ん。田舎仕立ての、陰間侍《かげま》が参ったか。ここへ通せ」

「――。紅三十郎、陰間でございませぬっ」

声を上げると、喜七郎は伸び上がっておどろいた。見も知らぬ学者もどきが、眼前に立っていたからである。

「何者か」

「わたくしでございます」

付眉《つけまゆ》を剝《は》がして、にっこりと笑ってやった。

「おぬしは、見世物《みせもの》小屋の木偶《でく》人形より質《たち》がわるい」

「……。朝からのお呼び出しのご用件を」

「そうであった。昨夜のこと、本所の大名家下屋敷へ大目付さま名の下、賭場への手入れを致してな。ひとり残らず捕えたのだが、その中に紅梅長屋の者がおった」

「玉之介でございますね」

「うむ。百両の横領で訴えられていた浜惣《はまそう》の、元番頭だ」

「一攫千金をと、博打《ばくち》に手を出しましたか」

「それが客ではなく、賭場を仕切った側にいた」

「大胆な。一流の料理屋を切り廻す者とは、そうしたことまで——」

「いや。そうではなかった……」

朝方まで取り調べる中、玉之介は仮り雇いだったと知れてきた。玉之介の客を見る目が、博打の胴を取る側にとって役立ったという。

なんであれ、賭場の開帳はご法度《はっと》とされている。それも大名屋敷でとなれば、重罪に値することだった。

「大名にも、お咎《とが》めがございますか」

「まさか。大名家としては従前より手を焼いておったと、知らぬ存ぜぬを決め込んだ。こともあろうに、賭場となっていた中間《ちゆうげん》部屋を生垣で囲み、わが下屋敷にあらずと言い張った」

「でも、寺銭《てらせん》だかショバ代は受取っていたのでしょう」

「百五十両もあったそうだが、ご丁寧なことに、それを中間部屋の片隅に重ね置き、当家は貰っておらぬと——」

「見事で、ございますな」

「それとは別に、玉之介の身元引受けは大家のおまえとなった。というか、大家の三十郎さんになってほしいとのことである」

「仕方なくやりましたので、情状を酌量《しやくりよう》してほしいと弁解――」

「馬鹿を申せ。賭場加担の図利《とり》に、奉行所として手ごころは致さぬ。胴元と代貸《だいがし》は、遠島。一味の者は、江戸十里四方追放だ」

「その請人《うけにん》となるのが、わたくしですか」

「まだ十日ほど牢に留め置かれるゆえ、話を聞いてやれ」

捕まった一味とは別に、玉之介だけ小さな牢に押し込めてあると言って、喜七郎は三十郎を向かわせた。


うつろに泳ぐ眼、手足はダラリとしたままで、玉之介は壁にもたれていた。牢番が運んできたらしい飯や汁には、手も付けていなかった。

呆然《ぼうぜん》自失、心ここにあらず。わたしは誰と言い出しかねない様子は、気の毒を通り越していた。

「玉之介、運がわるかったようだな」

「──。あなたは……」

「大家だよ。傾《かし》いだ長屋の。昼は湯屋番、ある日は魚屋、またあるときは易者《えきしゃ》もするぜ。今朝は学者だ」

三十郎は役者ふうに見得《みえ》を切ったつもりだが、玉之介は無表情だった。

「運が良すぎたんです」

「捕まったのに、運が良いとは」

「世間を知ったつもりの、料理屋の番頭だったんです。そんな男に、娘より若い女房ができました」

「が、失ったものも多かろう」

「失った？　なにをですか」

「なにをと言われりゃ、大番頭《おおばんとう》という身の上と、それに見合う給金、大店《おおだな》の主人や、贔屓《ひいき》たちとか」

「あはは。そんなもののどこがいいんです」

「若い小娘に、溺《おぼ》れたようだな」

「そんなありふれた台詞《せりふ》、わたしの身には噴飯《ふんぱん》ものです。傾いだ紅梅長屋の朝、壁際に若い女房とわたしが引っついてるんですよ」

生き生きとした玉之介の顔が、なんとも言い難いほど羨《うらや》ましく思えた。

しかし、玉之介は当分のあいだ、その女房と一緒の朝を迎えられないのだ。

「申しておかねばならぬが、おまえさんは江戸所払《ところばら》いとなる。女房は随《つ》いてゆくだろうが、在所じゃ科人《とがにん》とされ、江戸ほどに仕事はないぞ」

「お呼び立てしたのは、そのことです」

「女房へ、どこまでも一緒に随いてきてくれと、言い置いてくれか――」

「ちがいます。玉之介は、お尋ね者となって逃げちまった。もう江戸に戻ることはないので、幸せに生きろと伝えて下さい」

「逃げてもいいねえし、江戸を離れりゃ二人して暮らせるであろう」

「そんなことは、わたし一人の欲じゃありませんか。おしほは昨日まで、わたしのために身を捨てていたんです。これ以上、辛い目に遭わせられません」

追放となった科人にとって、この先待ち受ける波風が小さくないことは、三十郎にも分かる。

おそらく、おしほは追放となった玉之介から離れないだろう。それこそが、初老の亭主には辛いのだ。

理屈では分かった三十郎だが、いとしい恋女房を捨てられる玉之介を理解できなかったし、その一方で偉い男だとも思えてきた。

「江戸で五本の指に入る料理屋の大番頭だった男は、おのれを捨てられるのか」

「そのとおりだとすれば、世の中の酸いも甘いも、裏も表も知った者ってことになるんでしょうが、ちがいますね。おしほって女に、惚れて惚れて惚れ抜いたからとしか言えません」

「………」

三十郎の眼前には、神々《こうごう》しいほど無垢《むく》な男がいた。

「大家さん。玉之介はお尋ね者となって失《う》せたと、おしほに伝えていただけますよね」

玉之介に懇願された三十郎は、うなずくしかなかった。それほどに一途で綺麗な眼をされた。

二

本所の賭場《とば》騒動は瓦版にもなり、湯屋では噂が独り歩きをしていた。

「なんでも大名家じゃ、えらい迷惑だったたそうだ。下屋敷を蔵に貸したつもりが、丁半の博打場《ばくちば》。そこに夜《よ》な夜な、あやしい女までいたってよ」

「行ってみたかったなぁ。女っていうのは岡場所の女郎なんかでなく、素人《しろうと》の娘だったそうだからな」

「客は大店《おおだな》の番頭以上、一度に五両十両と張ったそうだが、あるところにはあるんだな銭。聞いた話だが、神田橋の呉服屋じゃ倅《せがれ》が勘当されたらしいや。その博打がらみで……」

番台で耳を澄ましていた三十郎は、捕物《とりもの》となった切っ掛けが玉之介の逃した呉服屋の倅からだと聞いている。

川に落ちてズブ濡れで帰ってきた倅を親は問い詰め、奉行所に訴え出たのだ。すべからく、玉之介の親ごころが悪い目を出した結果となった。

あれから半月、玉之介はとうに消え失《う》せて消息不明。おしほは三十郎に言い含められたが、待っているのか長屋に暮らしていた。

師走もあと五日で、大晦日《おおみそか》を迎える。

家主《いえぬし》の金右衛門《きんえもん》が大福帳を腰にやって来た。

「紅さん。お長屋の店賃《たなちん》、滞《とどこお》りなくあつまりましょうね」

「並の裏長屋とは、大いに異なる。みな耳を揃えて、もう払ってくれてるぜ」

三十郎は八軒分を出し、もってけ泥棒と家主の前に押し出した。

「もってけ泥棒はなかろう。が、一軒だけ若い女ひとりの家があったはずだが」

「そこが一番早かった」

「水茶屋の看板娘と聞くが、そうではないらしい。なにをしておいでか、大家として知らなくてはの」

「当節流行《はや》りの、踊り子です」

「いかがわしい仕事かい」

「ちがう。女芸者の類《たぐい》だそうだが、酌ひとつせずに踊るだけ。これがめっぽう巧くて色っぽいとなりゃ、贔屓客《ひいききやく》は大勢だってね」

三十郎に教えてくれたのは、口入屋《くちいれや》のお福である。

はじめは何をしても失敗つづきで、おしほを働かせるのは無理だと諦めたものの、手つきや仕種《しぐさ》に色を感じた口入屋は、芸者たちに踊りを教える師匠のところへ連れて行った。

開花とはこのことだと、お福は笑って三十郎に話してくれた。

「半日で振りを憶え、ひと月で師匠を越えたわよ。今じゃ若い芸者から、お師匠《つしよ》さんって呼ばれてるそうな」

おしほが日に日に色を増し、一人前の女になっていたのを、三十郎はこれだったかと合点《がてん》した。

が、亭主だった玉之介は、踊り子となった女房を知らないばかりか、おしほに習い事をしているとも言われていなかったようだ。

所払いの亭主に従って江戸を離れていたなら、踊り子になれずに終わったにちがいない。

どこへ失せたものか、玉之介の行方は分からないままだった。

玉之介は百両を肩代わりしたのが八王子の岳父《がくふ》と知り、その分をと博打に関わったのが裏目に出たのである。

その因《もと》となった浜惣から失せた百両は、玉之介の古女房おつやが仕組んだことだのも分かってきた。

ほんの半月じっと辛抱していたなら、若い女房の稼ぎで左団扇《ひだりうちわ》となれたろう。

が、言ってみたところで戻ることではなかった。

金右衛門はにこやかに帰り、三十郎は亀の湯に向かうべく外に出た。珍しく、勘当息子の徳松と目が合った。

「おはようございます。大家さんは、これから湯屋へ」

「うむ。徳さんは、朝帰りか」

「止《よ》して下さい。廓《くるわ》に通えるほど、親からの仕送りはありません」

「てぇことは、朝めしかね」

「隣の幸次郎《こうじろう》さん夫婦が働く魚河岸《うおがし》に、安くて美味《おい》しいめし屋があるって聞いたんです」

「贅沢だな」

「あはっ。これでも肩身を狭くして暮らしています。魚河岸の店っていうのは、捨てるような屑《くず》を煮込んでいるそうで、ご町内の一膳めし屋より安いって聞きました」

通りに出るまで一緒に歩きましょうと、徳松は三十郎と肩を並べた。

「うちの番頭がこんな散らしを手に、昨日やって来ました」

散らしは浮世絵と同じ大きさで、女の立姿《たちすがた》に太い文字が添えられてあった。

〝両国広小路 仮舞台にて踊り子一座 お披露目 二十八日明四ツ、暮七ツ二回 百文《もん》也〟

「ここに描かれている踊り子が、うちの長屋のおしほさんなんです」

「ほう。凄いな」

「でしょう。評判は鰻《うなぎ》のぼりだそうで、若いのに座頭《ざがしら》ですよ。猿若町《さるわかちょう》の芝居小屋から囃子方《はやしかた》が来て、地方《じかた》をつとめるとも聞きました」

「徳さん、観《み》に行くか」

「もう売り切れで、駄目ですよ」

「人気なのか。となると、おしほは紅梅長屋ともおさらばだろう」

「残念です」

「惚れちまったかな、徳さん」

「そりゃ誰だって。大家さんも同じでしょ」

同じと言われたのが、意外だった。この裏長屋の住人となる前も、八丁堀に暮らした半年ばかりも、女を欲の相手と見たことのなかった三十郎である。

というか、秩父の在にいた時分もそう思えたのは、女を買うところがなかったからだ。

「妻女よりほかに、わたしは知らぬのさ、女というのを」

「へぇ〜。江戸の与力さんが、一穴《いっけつ》ですか」

「人を呪《のろ》わば穴ふたつと言うではないか、穴は一つでいい」

「正直なところ、信じませんよ。三十郎の旦那が、もてないはずはない」

「――――」

言い切ってくれたのが世辞であったとしても、嬉しくなってきた。

妻女おりくの文句を言うとふくれっ面《つら》を見せる様が思いうかび、女買いをしても罪はなかろうとの考えに至った。

が、長屋の店子《たなこ》に手を出す気になるわけもなく、阿部川町《あべかわちょう》からほど近い吉原の色里に想いを馳せた。

亀の湯の前に来て徳松と別れるとき、三十郎は笑いながら思いつきを口にした。

「どうだろう、両国の小屋へ差入れを手に参るというのは」

「楽屋見舞ですね、長屋からの」

「うむ。紅梅長屋お名残《なご》りの一品《ひとしな》、となれば吉原名物の甘露梅《かんろばい》。徳さん、買ってきてくれぬか」

三十郎は衿《えり》に縫いつけてある一分銀《いちぶぎん》をひねり出すと、徳松に手渡した。

亀の湯には、床山《とこやま》の伊八《いはち》が待っていた。

「どうなさいます？　そのまま胡散《うさん》くさい道学者をつづけますか、それとも易者《えきしゃ》に戻しましょうか」

「小銀杏《こいちょう》を、粋《いき》に結ってもらおう」

「よろしいので、八丁堀の同心に成り下がりますが」

「構わぬ。おれは与力、といっても見習だったそうだ。が、正月を迎えるにあたり、月代《さかやき》は憂鬱《うっとう》しくてな」

「ほう、そうと決まれば一つやっつけやしょう。着流しに、黒羽織《くろばおり》はお持ちございますよね」

伊八は楽しそうに剃刀《かみそり》を手に月代を剃ると、同心髷《まげ》結いはじめた。

そのまま番台に上がったことで、男湯は静かになり、女湯のほうはざわついた。

今日は付眉《つけまゆ》がない。三十郎の濃い眉が、三分ほど生えかかってきたからである。

「ご覧なさいよ、番台の同心。ちょいと乙《おつ》じゃないこと」

「若いようで渋味があって、キリリとしているわ」

「なにかあったのよ、近所で押込みかなにか」

「どうりで、男湯が大人しすぎるわけね」

番台の三十郎にまで聞こえてくるのは、女たちがあえて声高《こわだか》に話しているからだった。

――俺は女にもてる。

思い込みほど怖いことはないが、まだ野暮《やぼ》の抜けない三十郎が気づくはずもなく、あごを上げると有頂天になった。

パカン。

下から手が伸び、頭を叩かれた。

「なにを至す」

伸びてきた手には下足札が握られ、叩いたのが家主の女房おたねと分かった。

「またぞろ役人の恰好なんかで、威張ろうって魂胆《こんたん》かい。お客が来てるのも分からないようじゃ、履物《はきもの》を盗られちまうよ」

「糞婆《くそばば》ぁ、いきなり叩くものじゃあるまい」

「叩かなきゃ分からないんだから、気づかせてあげたのさ」

「ありがとよ。確かに気づいた。ならば俺も気づかせてやろう。小汚ねえ婆さんは、湯の流れつく下流で洗うがいい」

「馬鹿野郎。こっちは、とうに女を終えてますんでね。月のもので洗い場を汚しやしないんだ」

「なるほどなぁ、家主の亭主も相手にしてくれねえ元女だというわけだ」

「雇われ大家ごときが、家主さまに言う台詞《せりふ》かい。奉行所を追ん出されたくせに」

「まだ役人だ」

女湯に聞こえるように、三十郎は声を張った。

「てぇと、同心に格下げってこと」

「お、公儀《おかみ》の仕事に、口出しは無用――」

湯屋の奥から吉兵衛《きちべえ》が飛んでくると、あいだに割って入った。

「喧嘩をするところじゃありませんでしょうに、湯屋てぇのは憂世《うきよ》の垢《あか》を流す場です」

「はい、ごめんなさいよ」

「婆さん。湯銭の八文《もん》を置いてゆけ」

「あらまぁ、履物泥棒に気をつけてと諭《さと》してあげたのに」

おたねは八文を、番台に投げ入れた。

「小汚ない婆さんを出入り禁止にできぬのか、吉兵衛」

三十郎が湯屋の主人を呼び捨てたことで、女湯は一瞬静まり返った。

「ほんものだわ、八丁堀の同心よ」

地獄耳とおぼしき家主の女房が言い返そうとニヤリとした顔を上げたので、三十郎はあわてて番台から飛び降りた。

「ヒャッ」

脱衣場で着替えている女が小さな悲鳴を上げる中、三十郎はおたねの口封じにかかった。

「お婆さん、脱ぐのも厄介でしょう。手伝いましょう」

年寄りでも、男の手で裸に剝《む》かれるのは嫌なのだ。おたねはヒャッヒャ言いながら逃げまわり、どうにか口封じができた。

三

暮も押し迫った二十八日、三十郎は徳松と貸本屋の彦太《ひこた》を伴って、両国に出向いた。

仮小屋の楽屋ともいえない粗末な裏口だったが、同心姿の三十郎を見れば楽屋番は愛想よく中に入れてくれた。

舞台がはじまる四半刻《しはんとき》ばかり前だが、楽屋は思いのほか静かだった。

おしほは一番奥で、三十郎たち三人を見て花のような笑顔を返してきた。

「観《み》にいらして下すったんですね、皆さんで」

「三人だけだが、もう会えない気がしてな」

「すみません。お長屋では、踊りを教えることが難しくて」

「謝まることじゃないよ。おしほちゃん、大層な出世だもの」

「出世だなんて大袈裟《おおげさ》すぎます。手足を動かすだけの、見世物《みせもの》なんですから。徳さん」

「このところ貸本を置いてゆくたびに、おまえさんの噂となるんだ。綺麗な踊り子の刷り物は、まだ出ないのかって」

「彦さん。そんな物、ぜったいに出ませんから」

若い男ふたりは、本気で言った。新しい踊り子は、真剣に頭《かぶり》を振った。

「これは長屋からの楽屋見舞だ」

「わっ、吉原の甘露梅。男の人しか買えないって、聞いてます」

「残念だが、観られんのだ。大入りで売切れであった」

「待って。舞台袖《そで》、囃子方《はやしかた》の隅に三人なら入れます。ちょっと、聞いてみますから」

おしほが狭い楽屋を走り抜けてゆくのを、彦太は目を丸くしてつぶやいた。

「座頭《ざがしら》ってぇのは、凄いですね。舞台を袖から見せられるくらい、出世したんです……」

「長屋の出世頭が女とは、お釈迦《しやか》さまでもご存じあるめえでしょ、大家の旦那」

「俺は出世頭を粂市と思っておったが、先を越されたか」

「わたしは旦那が出世するものだと、なぁ徳さん」

「それにしても、玉之介さんにも観てほしかったな」

徳松がしんみりと言うのを、三十郎は複雑な気持ちで聞いた。

玉之介が大名屋敷の賭場《とば》にからんでいたのを、長屋連中は瓦版で知ったはずである。その中に捕まらず逃げた者がいたとの嘘を、三十郎はそれとなく仄《ほの》めかしていた。

おしほにしてみても、玉之介には観せたかろう。が、江戸から追放されたのだとは言えなかった。

「暗いところですけど、三人とも入れそうです。ただし、おしゃべりは禁物ですからね」

通されたのは御簾内《みすうち》と呼ばれ、笛や太鼓といった鳴物が舞台を見ながら打ち鳴らす畳敷きのところである。

大きな銅鑼《どら》もあり、これを横で打たれるのかと三十郎が目を剝《む》くと、

「今日は軽く打ちつづけるだけですから、耳のほうは大丈夫ですよ」

囃子方の男が、笑った。

小さな手《て》炙《あぶ》りがあるのを、彦太は喜んだ。

「狭いところでも冬ですからね、助かりますよ」

手をかざすと、これも笑われた。

「手炙りは鼓《つづみ》の皮を温めるのに使いますもので、どうか触りませんようねがいます」

「す、すいません……」

舞台には、様々な決めごとがあるのだと、三人は小さくなった。

三十郎は暗い御簾内から、客席を見つめた。もう八分ほど埋まり、菓子をつまんでいる者もいた。

ほとんどが男なのは、おしほたちの華やいだ色を観たいからだろう。チラホラと女がいるのは、芸者筋らしい。

「並の女とは、着《き》崩《くず》し方がちがうね。徳さん」

「玄人《くろうと》ですからね。あぁ、あんな姐《ねえ》さん方を上げてぇな……」

「あれっ。徳さんは芸者や幇間《たいこ》を上げて、勘当となったんじゃないのかい」

「自慢にもなりませんけど、花魁《おいらん》一辺倒で」

「でも、値の張る花魁ならば、芸者も上げてドンチャカでしょ？」

「でなく、振袖新造《ふりそでしんぞ》と懇《ねんご》ろに」

「若い者同士、さぞしっぽりってわけだ」

「ところが、姐さん花魁に知られることとなり、馬乗り袴《ばかま》のおならとなった次第」

「右と左に泣き別れ、って寸法だ。そりゃ、勘当だ」

馬乗り袴は行灯《あんどん》袴とちがい、脚の入れどころが左右異なることは三十郎も知っている。しかし、振袖新造というのが分からなかった。

「教えてほしいのだが、振袖なんとやらとはなんである」

三十郎の問いに、笛方の男が答えた。

「同心の旦那ともあろうお方が、困りますね。売れっ子の花魁には、新造という補佐する女が二人つきます。番頭新造が二十半ばの年増《としま》で、これが花魁のあれこれを見る。もう一人を振袖新造と言いまして、これから花魁になろうてぇ見習です」

御簾内にいる全員が知っているらしく、三十郎は頭を掻いた。

「ということは、見習いごときが客と懇ろになるのは、けしからんというわけだ」

「けしからんどころか、廓《くるわ》ではご法度《はっと》です」

「徳松、吊るし上げを食らったか」

「たぶん出入り止めでしたでしょうが、親父があたしを勘当するってことで、廻状はまわりませんでした」

吉原の廻状とは、客である徳松はどこの見世にも入れなくなることだという。

「なんとも権威ある里だな、吉原と申すところは」

「官許ですから」

彦太のひと言に、御簾内のみんなが笑った。

そこへ奥のほうで打たれた柝《き》が、開幕の近づいたことを知らせてきた。

御簾内では、ドロドロと大太鼓が鳴らされる。笛が一調《いっちょう》高い音を響かせ、ざわついていた客席が静かになった。

舞台に置かれた幾つもの雪洞《ぼんぼり》に火が入り、踊り子たちが並んだ。その中央に、色鮮やかな衣裳をまとった立役《たてやく》が、座頭おしほである。

「――――」

感嘆の声も上げられないほど、まことに立派な立ち姿を見せていた。

ほんのふた月ほど前まで、我孫子《あびこ》の在にいた百姓娘とは信じ難い艶《あで》やかさを見せつけた。

三味線が唄とともに弾き出すと、ハラリと幕が切って落とされた。

「ほうっ」

客席の誰もが、歌舞伎芝居とはまったく別の、女たちによる舞台に口を開けっ放しとなった。

踊りの巧拙《こうせつ》など、三十郎には分からない。が、分からないにもかかわらず、素敵に見事な舞台であると感じられた。

色が立ち、花がある上に、上品なのだ。

衣裳が次々と変わり、春夏秋冬を見せているのが楽しめた。知らず、三十郎自身も揺れていたのである。

こんなことがあったろうか。考えるまでもなく、初めてだった。

武家の式楽《しきがく》は能で、町人どもの好む歌舞音曲は下世話にして野卑《やひ》と言われていたのが、今このときを境に逆転した。

むろん立錐《りっすい》の余地もない客席は、陶酔しきっている。が、それさえ三十郎は見ないまま、踊り子に酔えた。

半刻《はんとき》余の舞台が、もうお開きだという。

娘たちが打ち揃い、結んだ手拭《てぬぐい》を客に向かって投げはじめた。

「節分会《せつぶんえ》の、豆撒きのようだな」

「おしほちゃん、余った手拭くれるかな」

「彦太。同じ長屋の者として、それは卑《いや》しいことになろう」

諭《さと》したものの、三十郎も手ずからの手拭は欲しかった。

早くも楽屋には、贔屓客《ひいききゃく》とおぼしき裕福そうな者や、芸者たちが押し掛けていた。

「折《おり》一つの甘露梅の俺たちが居つづけては、おしほの迷惑となる。帰ろう」

「挨拶なしでいいんですか」

「いいさ。汗にまみれて化粧の落ちた顔なれば、おしほ姐さんとて見せたくはあるまい」

「姐さんと言いますか、おしほちゃんを」

「手の届かないところに、昇ったってことさ。出世の妨《さまた》げは、いけねえ」

三十郎は、おしほの踊る姿を目に焼きつけたまま、帰りたかった。御簾内にいるあいだ、三十郎は客席のどこかに玉之介が潜《ひそ》んでいるのではないかと見ていた。

いなかった。次の舞台に、来るかもしれないとも考えてみた。が、女房が踊りで身を立てたことを、玉之介は知らないのだ。

江戸追放とは、それほど重い刑罰ではない。もちろん江戸に舞い戻れば、更なる罪を課せられる。しかし、なにも知らない玉之介が戻って来るはずはなかった。

仮小屋から両国広小路に出ると、舞台の熱気を客たちが握っていた。

「なんとも艶やかなものだったなぁ。女の踊りってぇのは座敷で見るものと思っていたが、舞台でも様になるぜ」

「真ん中にいた女は、芸者衆に教えているそうだ。見ておどろいた。若いっ」

遠くの声を聞いているような気がして、三十郎は耳を叩いた。すぐ脇で笛や鉦《かね》を鳴らしていたので、耳がまだ元に戻っていなかった。

酒にではなく、酔った。

「おまえのいう幸せを、おしほは手にしたろう。玉之介……」

独りごちた三十郎である。

大晦日を控えた雑踏が妙に暖かく、たった今見てきた踊りの手となっていた。

「あっ。大家さんもこのかたちが、良いと見ましたか」

徳松もその手つきをしたので、三十郎は手を引っ込めた。

両国の仮小屋での舞台は大層な評判を呼び、おしほ一座は猿若町の芝居小屋で月に二日、空いているところを使ってよいことになったという。

目端の利く芝居の帳元が、売れると判断したようだ。

三十郎は南町の喜七郎に訊《たず》ねた。女が舞台に上がってよいものかと。

「なぁに女は上げられぬ、代わりに若衆《わかしゅ》が出るのだ」

賭場《とば》に下屋敷を貸していた大名と同じ、言い抜けである。

客も女と知った上で、なにも言わないだろう。もちろん、公儀はいつにも増した運上金を巻き上げるにちがいなかった。

「どっちも、どっちですね」

「紅は、そういうところだけ四角四面となる。もう少し、柔らかくならぬか」

「高村さまは柔らかくなれと申されますが、不正を見逃せと」

「なんと愚かな。よいか、お奉行の遠山さまは女を舞台に上げるのは、時宜《じぎ》に合っていると仰《おお》せだ」

「お奉行が、不正を」

「ちがう。女が舞台に上がるのは好ましからずとされたのは、二百年も昔の話であろう」

「知っております。風紀が乱れます」

「では聞くが、両国の女踊りで客は乱れたか」

「………」

「両国の舞台でさえ、幕閣の中には許すべきではないと頑強に言い張った方がおられた。それを遠山さまが、一日限りの仮小屋ゆえと通した」

「此度《こたび》の猿若町の話も、通されたのですか」

「駄目に決まっておろう。それゆえ若衆のと、するのではないか」

「お奉行が嘘をつくわけですね」

パチッ。

内与力の扇子が、三十郎の額《ひたい》を打った。

「分からぬにも程があるな、紅。おまえを市井《しせい》に下ろし、考え方を柔軟にと命じたのは、お奉行だぞ。遠山金四郎になれとの、深慮遠謀《しんりょえんぼう》であるとは思わぬか」

もったいぶった言い様をされて、三十郎は腕を組んでしまった。影目《かげめ》付《つけ》として目にしたことを上げるだけではなく、おのが考えも変えてみろということらしい。

三十郎がニヤリとしたのを、喜七郎は見逃さなかった。

「申しておくが、影目付を命じてはおらぬからな」

「承知しております。密命とは、そうしたものでございます……」

「今一度、申す。おまえが何をしでかそうが、尻拭いもせぬぞ」

「はっ。紅三十郎、身命《しんめい》を賭《と》して徳川義士となる所存」

「………」

喜七郎は思い込んだら命賭けとはこのことかと、目を剝《む》いたまま固まってしまった。

「ところで高村さまは、いかなる用向きでいらっしゃられたのでしょう」

「そうであった。これをと、お奉行みずから懐《ふところ》より」

三十郎の膝の前に、懐紙に包まれたものが差し出された。

「これは餅代、でございますか」

「うむ。町なかにあって苦労をしておろうゆえと、お心ざしと思え」

「探索には出銭《でぜに》もあるからとの、思《おぼ》し召しでございますね」

「だから、密命などされてはおらんと申しておるではないか。分からん奴め」

「はいはい。おっ、金《きん》で一分《いちぶ》。これは有り難い。早速、縫いつけなければなりません」

「縫いつけると申すのは、なんだ」

「いざという場合に、取り出すのです。市中には掏摸《すり》がおるゆえ、財布は盗られます。ところが、これは大丈夫。武州より出て参ります折、代官より教えられました」

「田舎者らしいな」

「野暮《やぼ》であると」

「江戸侍は、銭などひと晩で使い切るもの。呑むなり打つなり女郎買いなり、独り身となった紅なれば嫌な顔をされることもあるまい。それとも老い先を気にかけ、床下に小銭を貯めてか」

「いいえ。本日をもち、わたくし江戸侍となってみせます」

言い募った三十郎は一分金を、懐ではなく袂《たもと》に放り入れた。

晩になって雪となった。

雪はことさらに静謐《せいひつ》をつくるものだが、三十郎はかまびすしい高下駄の音に起こされた。

「大家さん。留守番の寛吉が、おりません」

按摩の粂市が、白い息を吐きながら駈け込んできた。

「急用でもあって、塒《ねぐら》へ帰ったのであろう」

「そうではないかと行って参りましたものの、もぬけの殻でした」

寛吉は阿部川町の向かい、書院番の組屋敷に間借りする医師の書生で、粂市は月二朱《にしゅ》で留守番に雇っていたという。

おどろいたことに、医師のところを今朝引き払っていたのだった。

「仕方あるまい。若い男なれば、下僕なみの扱いが嫌になったのだろう」

三十郎は粂市が留守番を人とも思わず、あごで使っていたのを知っている。大人しそうな寛吉は、医者の書生も含めて辟易《へきえき》となり、出てしまったと考えた。

「あの男、知らぬまに五両ほどを盗んで失《う》せたのです」

「五両。床下の隠し銭か」

「は、はい……」

粂市の白い顔が、青みを帯びていた。

按摩療治で得た銭を、貯まるごと官位を賜《たまわ》るため納めていた粂市だった。師走は客も多く、もう五両一分が床下に貯まっていたらしい。

一分で喜んだ三十郎は馬鹿らしくなって、ざまぁみろと言いたくなった。五両ともなると、裏長屋の者に一年で稼げる高ではなかった。

「留守番を信じて雇ったのなれば、おぬしの人を見る目、いや人を判断いたす勘がなかったことになる」

「奉行所のお役人の大家さま、寛吉を召し捕り、わたくしの五両を――」

「残念だがもう、江戸を出ておろう。おまえが療治に出たのは、五ツすぎ。そこから二刻《ふたとき》もたっている。市中におるとは思えんな」

「…………」

爪の先に火を点《とも》す暮らしの中で、粂市は必死に貯めていたにちがいなく、落胆ぶりは手に取るほど分かった。五両ともなれば、並の月より倍も多いのだろう。

「諦めるしかあるまい。飼い犬に手を嚙まれたのであれば、怪我をしないで済んだだけよかったのではないか」

一分どころか一朱の銭に泣く大晦日を前に、五両はあまりにも大きな気がしてきた三十郎だった。

――銭が敵《かたき》の世の中か……。

六十余州、どこもかしこも銭が支配していた。日々の飯代《めしだい》から、雨露を凌《しの》ぐ店賃《たなちん》、病には薬代がかかり、身を売る女とて銭を貰わない限り体を開きはしないのだ。

となれば人情など、紙より薄い。悄気《しょげ》返る按摩の、力になってやれない三十郎も薄情としか言えなかった。

「いかがでしょう。大家さんのところで、あたしの貯めたものを預けるのは――」

「俺がか」

「はい。お役人である上、お人柄は確かです」

「湯屋に行ったきり、昼は留守だぞ」

「かような裏長屋の昼日中《ひるひなか》、盗《ぬす》っ人《と》など見向きもしません。失礼ながら、一両につき一朱の置き賃をと考えてます」

一両の十六分の一が、一朱である。三十郎は戸惑った。湯屋の番台より、明らかにいい。それも、なにもせずの駄賃だ。

「申しておくが、盗られたとして責めは負わぬぞ」

「なにとぞよろしく、おねがいいたします」

三十郎は袂をさぐり、手渡された一分金があるのを確かめた。

――江戸侍になれるか……。

思わず笑みがこぼれてしまったのを、見えぬ按摩は気づいたろうかと目を上げた。


嘉永六年、正月を迎えた。

八丁堀に残る妻子のもとへと出向く前、使いの者が来て戻ってくれるなと三十郎は言われてしまった。

密命を帯びる影目付なれば当然と、浅草阿部川町で年を越した。

長屋中が大家のところにあつまっての年越しは、無礼講となって面白かった。

魚河岸《うおがし》の余り物を手に幸次郎夫婦が来ると、助十《すけじゅう》の女房おくみと、弥吉《やきち》の女房おまちが料理の腕をふるう。

勘当息子の徳松が角樽《つのだる》の酒を抱え、実家から失敬してきたと部屋の中央に置くと笑った。

粂市が年越し蕎麦《そば》を差入れたときは、もう男どもは酔いはじめていた。

寅蔵《とらぞう》が流行《はや》り唄だと歌うと、みなは出ていった踊り子を想った。

「あの娘《こ》の口ずさんでいた唄は、よかったわね」

「踊りながらの小声だったけどさ、思わずあたしも科《しな》をつくっちゃったもの」

「あはは。月と鼈《すっぽん》ほどにちがうだろうけど、両国の舞台を観たかったなぁ。彦さん、行ったんだろ」

「はい。舞台袖から間近に、大家の旦那と徳さんも」

「下総《しもうさ》の在に生まれたとは思えないほど、綺麗になってましたよね。大家さん」

「江戸の水で洗い上げるというのは、あれであろうな。あっと言うまだった」

「でもよ、俺たちの女房は江戸者だってぇのに、洗い上がらねえな、弥吉」

助十のひと言は、おくみの腹の虫に火をつけた。

鍋に掛かる柄杓《ひしゃく》が助十の額《ひたい》を打つと、若布が片頬に貼りついた。大笑いとなった。

彦太が真顔になって、口を開いた。

「本屋がおしほさんの刷り絵を出そうとしたんだけど、公儀《おかみ》に差し止めをくらったそうです」

「えぇっ、なぜだよ。美人絵の一つだろう」

おどろいて声を上げた寅蔵に、三十郎が答えた。

「浮世絵もだが、猿若町の芝居小屋に出るのも禁じられることになった」

「ひでぇな。いかがわしいものじゃないってぇのに」

「女は大勢さんの前に出ちゃいけないんですか、旦那」

「そうなるのかな……」

「だったら吉原の張見世《はりみせ》は、どうなんです。花魁が紅《あか》い格子《こうし》の向こうに、並んでいるんでしょ」

「確かに。おまちさんの言うとおりだが、御城《おしろ》には頭の固いお方がおるようだ。お奉行の遠山さまは、推《お》したらしいが」

「やっぱり名奉行は、ちがうのねぇ。見直しちゃう」

武士と町人の身分が近づきつつある江戸では、男と女のあいだも狭まってきたのだろう。二百年余の泰平が築いてきた変化を、三十郎は思った。

「踊りなるもの、あたくしも見たいものですな」

按摩のことばに、一同は少しだけしんみりとなる。それを察した粂市は笑いだした。

「ですがね、目の利くみなさんとはちがい、あたくしはおしほさんの歩きようで色を聞きましたよ。そこいらの芸者にもない、なんとも男ごころをくすぐる足運びは、内腿《うちもも》の締め加減まで分かります」

「凄いや。粂さんは、女の見立てをする」

徳松が声を上げると、彦太は膝を乗り出した。

「これからは、この彦太がお手引きをいたします。すれちがう女を聞いていただき、今の女はいいと言って下さりゃ、あたしが女の後を尾《つ》けて行く――」

「馬鹿」

おまちが彦太に杓文字《しゃもじ》を投げつけると、大笑いになった。

四

一座の女たち七人をつれて、おしほは巡業に出た。猿若町の小屋は駄目になったが、宮《みや》芝居の鑑札を得ての旅である。

宮芝居といっても、寺社で演《や》ることは少なく、多くは掛小屋を作ったところでの興行だ。

若い女たちとなれば、客は掃いて捨てるほどあった。ただし、厄介な客もある。

「今夜の打ち上げに、酌として来てくれるだろう。祝儀《しゅうぎ》は、たんまりと……」

なにを目論《もくろ》んでいるかは、誰でも分かった。といって、拒めば小屋を掛けてくれないのも知っていた。

おしほは女たちを守るべく、目端の利く男たちを雇った。条件は肚《はら》の据わった者で、愛嬌《あいきょう》があること。

人選したのは、向かいの家で留守番をしていた寛吉だった。

両国の仮小屋で披露目《ひろめ》をする少し前、おしほが晩めしにと弁当の折詰をもらってきた晩、井戸端で出会ったのである。

「寛吉さん、夕飯は」

「まだですが、留守番が出て行くわけにはいかないので」

「ならば、お弁当。あたしには、少し多いんです」

半分ですけどと頒《わ》けているとき、両国の話になった。

「聞いた話で申しわけないが、両国あたりの小屋には酷《ひど》い奴がいましょう」

「怖い人ですか」

「そうじゃなくて、舞台を演りました今日の約束分をって楽屋に戻ると、上がりを持ってドロンする詐欺《さぎ》です」

「えっ。もしそんな人がいたら、ただ働き――」

「ですから、約束分の半金《はんきん》を舞台の袖に置かせるものだそうです」

「あたしには、とてもそんなこと言えない……」

だったらと、寛吉はその役をすると請け負った。踊り子一座の番頭となった寛吉は、実によく働いた。

小屋主との交渉から踊り子たちの弁当の手配まで、舞台に口を挟むことなく、寛吉が支障なく導いてくれた。

玉之介がまったく顔を見せなくなった中、同じ長屋に暮らす若い二人が、できないはずはなかった。

どちらが誘ったというのではなく、なすがまま、なされるがまま、重なっていた。明日おしほが長屋を出るという晩のことで、月もない暗い中でのことだった。

その後、猿若町の話が舞い込んだときも禁止とされたときも、寛吉は一緒になって笑ってくれた。

旅巡業を言い出したのも、寛吉だった。

「でも、旅に出るとなったら、仕度《したく》にお銭《かね》がいるでしょ」

一瞬言い淀んだ寛吉だったが、両国の小屋主に頭を下げて借りてくると出ていった。

五両一分《いちぶ》を手にした寛吉に、おしほは抱きついた。

旅には五人もの男が、荷物を運ぶのも含めて加わったのである。さらに三味線弾きの年増《としま》が二人、地方《じかた》として随《つ》いてきてくれた。

「唄は、踊りながらあたしたちで」

「太鼓や鉦《かね》も、踊りながらできますよね。座頭《ざがしら》さん」

おしほは座頭と呼ばれ、改めて嬉しさをかみしめた。

江戸を出てまず最初の地が、武州草加《そうか》だった。日光街道の宿場は、江戸から近いところだが、馬くさいと寛吉が顔をしかめた。

下総我孫子に生まれ育った者として、おしほは腹が立った。

「江戸者は、これだから駄目なのよ」

おしほが言うと、一座の女たちは寛吉に加勢した。

「姐《ねえ》さん。くさいものは、くさいんです。腹を立てるものじゃありません」

「――。そうね……」

くさいものはくさいと、玉之介が言ったのを思い出した。阿部川町の表通りを、馬とすれちがったときだった。

「田舎育ちのおまえさんは怒るかもしれないが、悪いとか止《や》めてくれと言うのじゃない。いい匂いではない、くさいものはくさいと言ってるだけなんだ」

捕り手を逃れて、もう五十日。それらしい影も見ることなく、夢にもあらわれない玉之介だった。

もう寛吉との仲のほうが、ずっと長くなっていた。

逢いたいというのとはちがうが、気になって仕方のない男ではある。無事をねがうのは確かだが、寛吉に抱かれているときも甦《よみがえ》るときがあった。

宿場に入ると、みんなで散らしを配ることから始めた。寛吉は土地の顔役のところへ出向き、おしほは掛小屋の舞台を確かめた。

江戸での評判は伝わっているらしく、満座の客が舞台に力を与え、つづく越ケ《こしが》谷宿《やじゆく》、粕壁《かすかべ》宿と成功をみそうだとは、誰もが信じて疑わなかった。

実入りも想った以上となれば、一座に笑いがつづき、踊り子たちは芸の修業に励んだ。

武州の日光街道沿いでは、おしほ一座を待ちわびる者たちが先を争うように、散らし配りまでしてくれたのである。

順風満帆のときは、ときに落とし穴に気づけないものだ。

おでこ芝居と呼ぶ田舎まわりの一座に、謂《いわ》れなき恨みを買うことになった。

粕壁宿で、大団円となる総出の踊り舞台である。

「みんな、次は栗橋宿《くりはし》の大舞台よ。二日のあいだ、お休みになるからね。さぁ、もうひと踏んばり」

踊り子も鳴物連中も張り切れば、力が入ってくる。屋台と呼ぶ仮舞台までが、はしゃぎだした。

「ヨーイヤ、サァ〜」

一斉に声を上げ、床を打ったときだった。

ドン。グラッ、バタン。

屋台が斜めに傾《かし》いだと思うまもなく、見物席の片側に雪崩《なだれ》をうったように倒れてきた。

客は逃げた。ところが踊り子たちは屋台と一緒に投げ出される者、床板のあいだに落ちてしまう女、仰向《あおむ》けになり頭を打つ娘など様々で、大けがを負ったのはいうまでもなかった。

あとで見つけた屋台の柱には、仕掛けがされていた。

下手人はすぐに知れ、おでこ芝居の者たちと分かった。しかし、女たちが踊れる体に戻るまでは、興行を打てないことになった。

幸いなことは、座頭のおしほが無傷だったことである。が、一座の者の手当てや食べさせるため、銭が必要となった。

「寛吉さん、どうしよう」

「大勢の舞台は無理だ。有り難いことに、三味線の姐さんたちは使える。土地の顔役さんに、あたってみよう」

一座の番頭であり亭主の寛吉は、頼り甲斐のある男になっていた。すぐに仕事を取ってきた。

「この粕壁の川舟問屋《かわぶねどんや》さん方が、川魚料理屋の大広間で明日と仰言《おつしや》ってくれたよ」

「嬉しいけど、派手なことはできないわね」

「背に腹は代えられねえや。地味というんじゃなく、おしほさんの絵姿ぶりをしっとりと観せりゃいい」

「まさか、踊ったあと酌をしろとかなんてことは――」

「俺がついている。そのときは祝儀も貰わず、逃げるしかねえ」

亭主の心づよいことばに、おしほの肚は決まった。すぐに稽古をはじめた。

翌日の晩、川魚料理屋には近在から川舟問屋の旦那衆があつまり、臨時の催しにもかかわらず盛況となった。

広間の奥には鳥ノ子《とりのこ》屛風《びょうぶ》が置かれ、その前で踊るおしほは女芸者になったつもりで深々と一礼した。

「よぉ、待っとったぞぃ」

「日本一。早《はよ》ぅやれっ」

笑いがおこる。

田舎の大尽かと顔をしかめたが、おしほは明るい愛嬌《あいきょう》で一同を見まわした。男ばかりで、みな四十か五十。その刹那《せつな》、玉之介を思わず重ねあわせてしまった。

このところ玉之介の顔は夢にも出てこないばかりか、忘れようとしていた自分に気づいたのである。

玉之介は、苦界に沈みそうだった小娘を救ってくれただけでなく、女にもしてくれた男だ。

一流の料理屋の番頭身分を棒に振ってまで、尽くしてくれたのではないか。

なのに一つの恩返しもしていないと気づいたとたん、目の前がボゥッとしてきた。

シャン。

三味の音《ね》が、おしほの目を覚まさせた。

――あの人のため、今夜は踊ろう。

客は玉之介ひとりと思い定め、風のごとく立ち上がった。

――踊り子のあたしを、観て下さい……。


芸の分からない客でも、この晩の踊り子が神業《かみわざ》を見せたことは分かったようである。

おしほが終わって頭を下げても、咳《しわぶき》ひとつおこらない静寂を見せた。

襖《ふすま》一枚が隔てる廊下で泣いていたのは、寛吉だった。

わけも分からないほどの涙が、目から止めどもなくあふれ出た。

踊りに感動したのでも、客に受けたことが嬉しかったのでもない。申しわけなさに、泣きつづけていたのである。

広間での踊りがはじまる前、客が入ってくるのを寛吉は出迎えていた。

――田舎者ばかり。こんな連中には、もったいねえ芸だぜ。

銭のためとはいいながら、悔しくてならなかった。

見るからに上物《じょうもの》の着物に羽織《はおり》、袴《はかま》まで着けてきた客には笑いそうになった。どうやっても、似合わないのだ。

下足番の親仁《おやじ》が、小気味よく立ち働いていた。大人しそうな男は、黙々と履物《はきもの》を揃えている。

大方の客が入り、これで出迎えはいいと寛吉は下足番に心づけを手渡そうとした。

「少ねえが、煙草銭だ」

「おそれ入ります」

目が合った。

小汚ねえ親仁と思いつつ、寛吉は銭を出す。下足番は頭を下げ、紙に包まれた心づけを押しいただいた。

「ん――」

寛吉は目をこすり、下足番を改めて見つめた。が、顔をそむけられた。

「親仁さん、もしや玉之介、さんか……」

「人ちがいで」

「いや、玉之介さんだ。まちがいねえ」

寛吉が前にまわって見ると、玉之介だった。

「面目ねえところを見られたよ。見なかったことに、ねがいましょう」

「分かってます。賭場《とば》から逃げたと聞いてますが、よくご無事で」

「逃げた？　あはは」

暗い薄笑いに力はなく、玉之介は十も老けて見えた。

寛吉はあの日以来の話を手短に語り、おしほに逢ってやってほしいと言ってしまった。

「みっともない様を、おしほ、いいやおしほさんに見せたくはない。おまえさんを見れば想像はつくよ、新しい亭主だとね。なのにお前さん、わたしに逢えとは人が好いにもほどがある」

「おしほは、あっしより玉之介さん、おまえさんが好きだったんです」

「血迷ってかい、寛吉さん。お尋ね者と言うのなら、口を聞くのも罪なんだ」

「………」

返すことばがあるはずもなく、寛吉は立ち尽くした。

「分かったら、放っといてくれ」

「せめて、おしほの立派になった女ぶりを観てくれねえか。襖ごしに」

「止めておこう。未練が出ちまう」

「いいんだ。そのほうが」

「出世した踊り子がお尋ね者と、となれば誰もが迷惑どころか、おしほだって牢にぶち込まれるよ」

「じゃ、これ」

寛吉は懐《ふところ》にある有り銭を洗いざらい、玉之介に握らせた。

「こんなに」

「一分二朱《にしゅ》ばかりですが、広間での踊りが済めばもっと渡せます」

それまで待っていてくれますねと言い置いて、寛吉は広間からの呼出しに行かざるを得なくなってしまった。

踊る前のおしほには、玉之介のことを口にしないと決めた。動揺されて踊りに不手際が出てもいけないというのと、女房が玉之介のもとへ走るのが怖かったからである。

おしほを前に、寛吉のほうが動揺をした。

「いつもの舞台のつもりで、気楽にな」

「やぁね。おまえさんのほうこそ、舞い上がってるじゃないの」

笑われた。

広間での踊りがはじまっても、寛吉は玉之介のことが気になって仕方なかった。

途中、がまんしきれなくなり、玄関へ足を運んだ。

「………」

いなかった。

女中に訊《たず》ねると、眉をひそめられた。

「あんな人っていうのは気まぐれで、すぐいなくなっちゃうんです」

「出て行ったんですか」

「えぇ。おまえさんが中に入って、すぐに」

「行く先は」

「さぁね。渡り奉公の男の行く先なんか、知りませんですよ」

寛吉は表に飛び出したが、夜の宿場町は西も東も分からず戻るしかなかった。

戻ったとたん、寛吉の目に滂沱《ぼうだ》の涙があふれ出した。

おしほが笑っている。

「泣くほど良かったのね」

うなずくことしかできない亭主だった。

コスミック・時代文庫

やさぐれ長屋《ながや》与力《よりき》
遠山の影目付

2023年3月25日　初版発行

【著 者】
早瀬《はやせ》詠一郎《えいいちろう》

【発行者】
相澤　晃

【発 行】
株式会社コスミック出版
〒154-0002 東京都世田谷区下馬 6-15-4
代表　TEL.03(5432)7081
営業　TEL.03(5432)7084
FAX.03(5432)7088
編集　TEL.03(5432)7086
FAX.03(5432)7090

【ホームページ】
http://www.cosmicpub.com/

【振替口座】
00110-8-611382

【印刷／製本】
中央精版印刷株式会社

ISBN978-4-7747-6459-7 C0193

やさぐれ長屋与力

遠山の影目付

早瀬詠一郎

コスミック・時代文庫